Relatos del lado oscuro

JOSÉ RAMÓN CANTALAPIEDRA

Relatos del lado oscuro

SUS MÁS TERRORÍFICOS CASOS DE FANTASMAS

EL LIBRO OFICIAL DEL PÓDCAST

© 2025, José Ramón Cantalapiedra

Formación: Ale Ruiz Esparza
Ilustraciones: Ostos Sabugal
Diseño de portada: Planeta Arte & Diseño / Estudio Land
Arte de portada: Realizado a partir de imágenes de © Getty Images
Foto de autor: Cortesía del autor

Derechos reservados

© 2025, Editorial Planeta Mexicana, S.A. de C.V.
Bajo el sello editorial PLANETA M.R.
Avenida Presidente Masarik núm. 111,
Piso 2, Polanco V Sección, Miguel Hidalgo
C.P. 11560, Ciudad de México
www.planetadelibros.com.mx

Primera edición en formato epub: mayo de 2025
ISBN: 978-607-39-2942-4

Primera edición impresa en México: mayo de 2025
ISBN: 978-607-39-2941-7

No se permite la reproducción total o parcial de este libro ni su incorporación a un sistema informático, ni su transmisión en cualquier forma o por cualquier medio, sea este electrónico, mecánico, por fotocopia, por grabación u otros métodos, sin el permiso previo y por escrito de los titulares del *copyright*.

Queda expresamente prohibida la utilización o reproducción de este libro o de cualquiera de sus partes con el propósito de entrenar o alimentar sistemas o tecnologías de Inteligencia Artificial (IA).

La infracción de los derechos mencionados puede ser constitutiva de delito contra la propiedad intelectual (Arts. 229 y siguientes de la Ley Federal del Derecho de Autor y Arts. 424 y siguientes del Código Penal Federal).

Si necesita fotocopiar o escanear algún fragmento de esta obra diríjase al CeMPro (Centro Mexicano de Protección y Fomento de los Derechos de Autor, http://www.cempro.org.mx).

Impreso en los talleres de Litográfica Ingramex, S.A. de C.V.
Centeno núm. 162-1, colonia Granjas Esmeralda, Ciudad de México
Impreso y hecho en México – *Printed and made in Mexico*

ÍNDICE

INTRODUCCIÓN

Bienvenida, bienvenido. Déjeme presentarme, mi nombre es José Ramón, y de forma paralela a mi profesión, tengo otro trabajo inusual: el de escuchar, documentar y compartir relatos de temas paranormales. Desde 2003 me convertí en el presentador del programa de radio *Relatos del lado oscuro* y, posteriormente, en el rostro y la voz del canal de YouTube del mismo nombre.

Para mí es un honor el que tenga este libro en la mano, así como la disposición y el interés de leerlo. No se trata de un libro de aventuras, ni de uno de terror; se trata de un libro en donde nos adentraremos en algunos de los relatos que he recopilado a lo largo de los años; son testimonios de personas que vivieron experiencias increíbles, relatos que creo que pueden ser significativos, así como dejarnos el claro MENSAJE de que «este no es el único baile que bailamos».

Si logro con ello poner un dejo de esperanza en su mente, habré logrado mi objetivo; no pretendo demostrar la existencia de los fantasmas, ni ser un chamán, gurú o adivino; solo soy un locutor que ha encontrado numerosos testimonios en el camino que ahora deseo compartir con usted.

Gracias.

Bienvenidos, bienvenidas, comenzamos.

I
LOS PRIMEROS RELATOS

MUJER FANTASMA DE LA GRANJA

Me gustaría iniciar este libro hablando un poco de mí, José Ramón Cantalapiedra. Como mencionaba en la introducción, mi trabajo en el ámbito de lo paranormal comenzó en 2003 con el debut del programa de radio *Relatos del lado oscuro*. Ciertamente fue un contacto frontal con historias asombrosas. Algunas de ellas, que iré compartiendo, no solo me sorprendieron, también me generaron temor. Escuchaba historias tremendas de todo tipo; era el inicio de una larga carrera como narrador de hechos sobrenaturales y misteriosos. Pero no era exactamente el inicio de mi contacto con estos temas, este había empezado muchísimo tiempo atrás.

Mi infancia se desarrolló en una zona rural en México, pues el negocio familiar se encontraba en una pequeña comunidad a la que se llegaba por un largo camino de terracería en medio de campos de cultivo y altísimos árboles, lugares llenos de historias de fantasmas y aparecidos. No era raro escuchar que las personas hablaran de extrañas apariciones que habían visto, como la historia del padrecito fantasmal del puente de fierro, la marrana con sus marranitos que desaparecía de pronto, lloronas y todo tipo de cosas que podían poner a temblar al más valiente; quizá mucho de aquello no eran más que leyendas y relatos que se habían repetido durante años, pero una de esas noches todo cambió.

La ocupación de mi familia era la crianza de pollos; teníamos varias granjas avícolas en la misma comunidad. Las granjas estaban compuestas de largos gallineros (galpones) en los que se instalaban calentadores de gas para los pollos recién llegados. Estos calentadores se encendían por las tardes para mantener una temperatura ideal para la crianza de los pollitos. El funcionamiento de los calentadores, al igual que la revisión de puertas y cortinas, eran responsabilidades del encargado de la granja, quien debía salir durante la noche a revisar que todo estuviera en orden.

Una de las granjas se llamaba Dos Hermanos II y se encontraba a unos 500 m de la casa donde vivía la familia. Una madrugada hubo mucho alboroto. Los perros ladraban y se oían voces, luego oímos hablar a mi papá y a mi mamá. Aun siendo niños, la curiosidad nos dominó, así que, mis hermanos y yo abrimos la puerta de la habitación para ver qué ocurría.

En la sala de la casa estaba un hombre que trabajaba para mi papá, el encargado de la granja Dos Hermanos II, alguien muy conocido, ya que había trabajado con la familia por varios años y era de mucha confianza, pero en ese momento se le veía extraño, pálido, descompuesto. Mi mamá le acercó un té amargo para tranquilizarlo, pues estaba asustado, había visto algo que lo espantó terriblemente y comenzó a describirlo.

Estaba en su casita dentro de la granja cuando, entrada la noche, sintió un frío inusual y decidió salir a revisar que todas las cortinas de los gallineros estuvieran bien cerradas, que los calentadores estuvieran encendidos y, en general, que los pollitos estuvieran bien (una tarea que tomaba un buen rato teniendo en cuenta que se trataba de treinta mil pollitos). Tomó su jorongo, su linterna y sus cigarrillos. Salió de la casa y comenzó a caminar hacia el gallinero más lejano mientras fumaba para entrar en calor. La caminata tomaba unos minutos y había que cruzar frente a la bodega del alimento balanceado, luego caminar a lo largo de un sendero y llegar al final de la granja, ahí donde estaba una casa vacía que anteriormente usaba el encargado, pero que estaba en malas condiciones.

Entonces la vio. De pronto, al ir caminando, distinguió con el alumbrado de la granja a una mujer alta de cabello largo. Aquella persona iba caminando en dirección hacia el último gallinero y parecía una persona normal, por lo cual pensó que «la patrona» (cabe mencionar que mi mamá era una mujer alta de cabello largo) había ido a revisar los gallineros sin avisarle, quizá para sorprenderlo o descubrirlo en alguna omisión o alguna falta.

Aquello lo incomodó, pues era un trabajador de años, muy responsable, por lo que esperaba que se le tuviera confianza. ¿Qué hacía ahí la patrona a esas horas? Apresuró el paso para alcanzarla, acompañado de los dos enormes perros que cuidaban la propiedad, dos mestizos grandes y muy fieles; aquel trabajador los había criado y nunca se separaban de él.

Casi la alcanzaba cuando repentinamente la mujer entró a la bodega de los alimentos. El encargado siguió sus pasos y entró, encendió la luz y dijo en voz alta:

—Patrona, buenas noches, ¿en qué le puedo ayudar?

No hubo respuesta; se volteó para ver si se había equivocado al seguirla y, en ese momento, vio a la mujer parada afuera de la bodega, a unos metros de él; pero no era la patrona, era otra cosa: una mujer sin rostro. Pudo distinguir claramente que aquel ser flotaba en el aire, no se distinguían los pies a pesar de que había iluminación. Se quedó paralizado por un instante, mientras que los perros, famosos por su fiereza, se echaban para atrás gimiendo y tratando de protegerse detrás del encargado. Segundos después, el espectro lanzó un grito terrible, un alarido de dolor que el encargado nunca había escuchado. Enseguida emprendió el camino hacia el fondo de la granja y dejó al trabajador paralizado, sudando a cántaros y temblando; los perros gemían acobardados a su lado.

El encargado vivía solo en esa granja, así que, sintiéndose mal por el susto, acudió a la casa de los patrones a pedir ayuda. Lo atendieron y durmió esa noche en la sala de la casa. Al día siguiente lo mandaron a su pueblo a que se curara con una persona que quita el espanto. Otro encargado ocupó su lugar durante algunas semanas. Al poco tiempo se corrió el rumor entre las personas de aquel lugar y no faltó quien se acercara a mi familia para contar la historia de aquella propiedad.

Ese terreno fue comprado por mi papá en 1965. En ese entonces era una parcela de cultivo con unos paredones de adobe al fondo; se trataba de un terreno plano y rectangular, ideal para la granja. En cuanto lo compró, mi papá comenzó la construcción de lo que serían los gallineros y las bodegas, la casita del encargado y un taller. Para ello, hizo demoler aquellos paredones y cortar unos magueyes viejos, sin saber que ese lugar había sido el escenario de una historia terrible. En los paredones aquellos había vivido durante algunos años una mujer llegada del norte y se contaba que era especialmente bonita. Valiéndose de su belleza ejercía la prostitución en esa casa de adobe, hasta una noche en la que dos hombres se encontraron buscando sus favores; eran compañeros de parrandas y muy dados a los malos vicios. Ambos le habían propuesto matrimonio a esa mujer y a ambos les había aceptado la propuesta, claro, a cambio de dinero. Cuando los hombres se dieron cuenta del engaño, tomaron venganza: la sacaron de su casa a la fuerza y la llevaron hacia los magueyes. Ahí la mataron y dejaron su cuerpo. Deben haber sido los años veinte, una época complicada para México y de mucha violencia. Nadie hizo nada por aquella mujer.

Algunas personas habían escuchado sus gritos pidiendo ayuda, pero nadie acudió. Luego vino el silencio y nadie la volvió a ver ni fue a buscarla. No sería sino hasta mucho tiempo después cuando algún parrandero, buscando favores, descubrió su cuerpo abandonado en los magueyes, putrefacto e irreconocible. Según contaban, sus restos fueron llevados al cementerio y arrojados a la fosa común, sin un funeral, sin una bendición, sin un padrenuestro por su alma. Tiempo después, los caminantes aseguraban ver a esa misma mujer deambulando por ahí; cuando alguien se acercaba, caía en cuenta de que era un fantasma.

Mis padres eran personas muy razonables, pero no pensaron en hacer nada al respecto, ni bendiciones ni nada parecido; simplemente el encargado no regresó a esa propiedad y el asunto quedó resuelto. Por lo menos eso pensaron... Meses después, un segundo encargado volvió a relatar lo mismo, pero esta vez fue peor: el hombre se enfermó y estaba visiblemente descompuesto. Fue necesario contar con el relato de un tercer encargado para que mis padres se decidieran a llevar a un sacerdote a bendecir aquel lugar, recorriendo cada rincón. A partir de entonces no hubo más reportes de la mujer fantasmal, pero siempre recordaré la cara de aquel trabajador rudo, fuerte, hombre de campo, demasiado afectado por lo que había visto.

Esta primera historia quedó grabada en mi memoria y la curiosidad que me generó me llevó a interesarme por estos temas; aunque no sería la única, mi familia tendría más historias extrañas que contar, entre otras la de mi propio abuelo.

Se cree que algunos fenómenos fantasmales que han permanecido por mucho tiempo en un mismo lugar van perdiendo la conciencia de quiénes fueron, de lo que hacían y hasta del motivo por el que están ahí; se quedan únicamente alimentados por una emoción básica. La ira con frecuencia es una de esas emociones, otras veces es simplemente el apego a algo, como en el caso de la famosa dama marrón de Raynham Hall, en Inglaterra, de quien se dice que es el fantasma de Dorothy Townshend, fallecida en 1726.

EL ABUELO Y EL FANTASMA DE LA COCINA

El abuelo era un hombre extraordinario; llegó a México procedente de España en los años treinta, originario de la región montañosa de Navarra. Era un hombre joven que venía a conquistar el Nuevo Mundo y el nuevo mundo lo conquistó a él, hasta el punto de que no volvería jamás a su tierra, ni a su casa ni con sus viejos; México era todo para él. Pero, además, el abuelo era un sujeto peculiar, con más de 2 m de altura y más de 140 kg de peso. Su presencia imponía. Pero era un hombre muy bueno, apegado a su iglesia; formaba parte del grupo católico de la adoración nocturna, del grupo de los caballeros de Santiago y de cualquier evento religioso que hubiera. Si tenía dos pesos en la bolsa, siempre tenía uno listo para ayudar a quien lo necesitara. Era amigo de quien quisiera ser su amigo, sin importar si era un político o un delincuente, un barrendero o un empresario.

Pero algo que llamaba la atención era su extraño poder, el abuelo era un zahorí: alguien que descubría lo oculto. Su mayor habilidad era ser radiestesista. Se ganaba la vida localizando pozos de agua en todo el país; viajaba a lugares lejanos en los que tenía la tarea de localizar agua, indicar a qué profundidad y qué diámetro de ademe se necesitaría para extraerla. Se contaba que era muy acertado, nunca fallaba. También tenía otras características peculiares, como el don de localizar tesoros solo con sus horquetas metálicas, esas mismas que usaba para hallar agua. Claro, nunca recibía un centavo por eso, decía que los tesoros tienen dueño y que solo el dueño los debe encontrar; si después entregan una gratificación, va por cuenta de cada quien. De manera similar, había encontrado cosas perdidas y hasta personas fallecidas usando un péndulo y sujetando alguna pertenencia de la persona, a veces con la ayuda de un mapa. Pero eso no era lo que más le interesaba, él era un hombre de fe y esas cosas solo servían para crear envidias, así que únicamente cuando fueran realmente de utilidad las podía aplicar.

He de aclarar que yo no conocí a mi abuelo; murió muchos años antes de que yo naciera, pero la familia siempre recordaba episodios extraños y llenos de misterio. Uno de ellos fue el fantasma de la cocina. El abuelo tenía unos conocidos de origen italiano, migrantes igual que él; vivían en un pequeño rancho en alguna zona del Estado de México, unas pocas parcelas con muy poca producción, tierras pobres y sin riego. El propio casco del rancho era más bien ruinoso, después de la Revolución mexicana no lo habían ocupado durante muchos años; finalmente, cuando llegaron los italianos, tuvieron que adaptarse a vivir en un viejo edificio casi en ruinas. No eran especialmente prósperos, pero además eran muchos, habían llegado a México con toda la familia y aquí habían nacido varios nietos, y siempre estaban en crisis. El abuelo los estimaba y, si bien no solía visitarlos en el rancho, cuando los encontraba en la ciudad solían tener una plática animada y compartir la cena, con frecuencia en casa de la abuela.

Cierto día insistieron mucho en que el abuelo los visitara en el rancho, querían agradecer invitándolo a comer algo allá, algo muy italiano en señal de agradecimiento por tantas veces que habían acabado con la cena que la abuela les preparaba. El abuelo aceptó el gesto y pusieron una fecha. Antes de despedirse le pidieron que llevara sus horquetas de radiestesista, para ver cómo funcionaba aquello. El abuelo aceptó.

Pasaron los días y llegó la fecha acordada. Puntual, el abuelo llegó al destartalado rancho; una veintena de italianos ruidosos y muy festivos lo hizo pasar con mucha ceremonia, lo llevaron a conocer lo que quedaba del casco, le invitaron una bebida y quesos que ellos mismos habían hecho. Aquella reunión habría sido algo normal, pero no fue así: el abuelo, desde que entró, percibió que había algo más, que entre todas aquellas personas había una mujer que no estaba viva, una mujer vestida de blanco, joven, opaca, con la cara agachada. Su atuendo no era reciente y se le veía traslúcida, a través de ella podía ver los muebles y los elementos de la casa. No hacía contacto con los presentes, no parecía sino un retrato antiguo que se movía, o por lo menos eso es lo que le pareció.

Cuando llegaron a la cocina, esta imagen se hizo aún más nítida: cerca de un fogón que ya no se usaba se hacía más evidente.

Como podrá notar, el abuelo percibía también a las personas fallecidas y, según su apreciación, esta mujer tenía años de haber muerto, pero algo no la dejaba partir. Cuando les preguntó a los amigos italianos si habían visto a la mujer muerta, el mayor de ellos respondió que sí, y le había causado mucho temor, por eso lo habían invitado, para pedirle que hiciera oración por aquella presencia para que se fuera a descansar. Luego el más joven preguntó si eso significaba que ahí había un tesoro. En realidad, todos estaban pensando más en el tesoro que en el descanso de aquella alma.

El abuelo no se molestó porque lo hubieran engañado, claramente lo llevaron para que encontrara el tesoro, así que simplemente sacó sus herramientas y fue hacia el fogón, donde había visto con mayor claridad aquella presencia. Estuvo ahí un rato a solas recorriendo el lugar, hasta que por fin con una navaja marcó un área en el piso. Ahí tenían que excavar, ahí estaba lo que retenía a esa persona. El abuelo les pidió que cuando lo sacaran, fueran a la iglesia y pidieran misas por el descanso de esta mujer y le agradecieran por lo que hubiera ahí.

Pasaron los días, las semanas y los meses. Entonces se los volvió a encontrar; ya no se veían tan arruinados como antes; de hecho, se les veía prósperos y conducían un auto nuevo. Los saludó y charlaron un momento. Les preguntó si habían buscado lo que había en aquel sitio y le respondieron que sí, pero que no encontraron más que unas cucharas y ropa de niños muy vieja, nada de valor. Hablaban apresuradamente, como si quisieran acabar pronto con esa charla, como si quisieran ocultarle algo. Mi abuelo no estaba interesado en recibir ningún pago por ayudarlos, así que realmente no le importaba si habían encontrado algo o no; terminó la plática insistiendo en que no dejaran de pedir las misas para aquella mujer. No los volvió a ver, pero meses después se enteró de que habían comprado tierras mucho mejores en un lugar de Puebla, un rancho grande y moderno. También se enteró de que compraron una casa en la ciudad y enviaron a varios hijos de regreso a Italia a estudiar y hacer vida allá. Sin duda encontraron algo de valor, pero no quisieron compartirlo. Al abuelo siempre le preocupó el alma en pena, así que por su cuenta mandó a hacer misas por aquella persona. Él era así; incluso, algunas veces se despedía de personas que nadie más veía y poco después se enteraba de que estas acababan de morir o las habían asesinado.

¿Cómo no tendría yo un profundo interés en estos temas habiendo escuchado todas estas historias familiares?

Un zahorí es una persona a la que se le considera capaz de detectar cosas ocultas. Muchos zahoríes son radiestesistas que localizan agua y minerales, pero en algunos casos también pueden realizar psicometría extrasensorial, mediante la cual localizan cosas perdidas o incluso personas, a partir de una foto o un trozo de tela que estuviera en contacto con la persona que se busca.

ESPECTRO BAJO EL ÁRBOL

Otro relato que me impresionó profundamente fue el que me narró mi mamá acerca de una familia que conoció. Ocurrió en la Ciudad de México, en 1973. Esa familia enfrentó diversas situaciones dolorosas; la muerte del padre trajo consigo, además del dolor por su partida, problemas financieros y legales, por lo que la vivienda que durante años habitaron dejó de ser su casa. El hecho de no contar más con el ingreso que aportaba el padre de familia llevó a que los dos hijos mayores dejaran la escuela y comenzaran a trabajar. Gracias al apoyo del esposo de la hija mayor pudieron encontrar una casa dónde vivir en tanto resolvían otros problemas. Pero, por supuesto, la urgencia y la falta de recursos no permitía ser exigentes.

La casa en cuestión se encontraba en una colonia antigua de la ciudad, Santa María la Ribera, la cual, por cierto, ya había visto mejores tiempos, pero no tenían muchas alternativas. Al llegar, aquello realmente no era muy grato a la vista. La casa se había construido en 1915, un mosaico sobre la puerta de entrada así lo señalaba. Era de un solo nivel, de techos muy altos y muros gruesos con pocas ventanas; tenía un patio largo que servía como cochera y una distribución lineal, en donde las habitaciones estaban conectadas y se podía pasar de una a otra hasta llegar al final de la casa. La impresión del lugar ciertamente trajo aún mayor tristeza a la familia, pues su anterior casa era muy linda, con un jardín lleno de flores, ventanas con mucha luz y espacios bien ventilados. En cambio, esta casa era oscura, fría y silenciosa; una vez dentro y cerrada la pesada puerta de madera, todo era silencio, aun con el bullicio de la calle a pocos metros.

La necesidad los obligó a acomodarse pronto. Las hijas solteras dormirían en la habitación del fondo, debido a lo cual tenían que cruzar por la habitación de los hombres y por la habitación de la madre para llegar hasta allá. Gruesas puertas de madera que rechinaban al abrir separaban los espacios creando una verdadera sensación de «casa de los sustos». A la hija menor no le agradó aquel sitio; para ella fue mucho más difícil adaptarse y acostumbrarse a la pérdida del padre, pues era la niña consentida, la niña del cabello negro brillante y grandes ojos negros, la niña de la sonrisa. Pero aquel lugar no parecía recibirla con gusto y mucho menos cuando tuvo que dejar su empleo como secretaria en una oficina para poder ayudar a su madre en las tareas del hogar, mientras que sus hermanos trabajaban. Las hermanas casadas, bueno, ayudaban en lo que podían, principalmente con la alegría de llevar a los nietos de visita.

La casa siempre se sentía oscura. Una característica muy molesta era que los gruesos muros presentaban siempre salitre y, a pesar de darles mantenimiento, seguía saliendo de los muros, lo que provocaba que todo se sintiera siempre húmedo. Además, la casa no tenía espacio para un jardín o flores. Lo único que había era un árbol al final del patio, el único ser vivo que habitaba aquello, pero era un árbol triste; al igual que la casa, no producía nada y siempre tenía un tono verde oscuro.

La peor parte de la casa era el espacio del servicio. En alguna época hubo un bungaló para el personal de limpieza, básicamente una habitación grande a nivel de piso y una habitación más pequeña en un segundo piso, al cual se subía por una escalera exterior. Estos espacios estaban tan deteriorados que no habrían podido usarse de ninguna forma. Partes de los estucados habían caído y había bichos y arañas, y objetos que habrían ido dejando los inquilinos anteriores. Además, la única forma de llegar ahí era saliendo por el frente de la casa, caminando por el costado del patio y llegando más allá del árbol aquel.

En esa casa comenzó a suceder algo terrible: la hija menor, Helena, empezó a verse cada vez más pálida, triste, sin ánimo. Todo el mundo pensó que era lógico, pues muchas tristezas se sumaban y cualquiera entendería que estuviera así. Pero pronto Helena empeoró: no dormía, podía pasar toda la noche sentada en la orilla de la cama, o bien sentarse a cenar en el comedor y quedarse ahí, con un plato enfrente, sin probar bocado hasta muy entrada la noche, para después ir a la habitación y sentarse en silencio. Se le veía ausente, callada y distante.

Al paso de unos meses, su apariencia distaba mucho de lo que había sido; su cabello se veía seco, los ojos que alguna vez fueron brillantes y alegres ahora se veían sumidos, y su boca no tenía ninguna sonrisa para compartir. Aunado a esto, la familia comenzó a notar cosas aún más extrañas. Una noche, una de las hermanas despertó y vio a Helena simplemente parada, mirando por la ventana. Pero no había nada que ver, la ventana daba a la cochera, un espacio oscuro y vacío; más allá estaba el costado de un edificio alto. Aun así, Helena permanecía ahí, absorta, como si viera un paisaje que no existía. Este comportamiento comenzó a ser cada vez más frecuente; en algún momento de la madrugada se levantaba, caminaba hasta la ventana y permanecía ahí mucho tiempo, ensimismada y mirando a la nada.

Después, entrada la noche, comenzó a sentarse en un sillón frente al televisor, con la vista perdida y sin prestar atención a lo que se estuviera transmitiendo. Más tarde, sus hermanas la descubrían absorta frente al aparato; aun si se había terminado la programación y solo había estática, ella continuaba con la mirada fija. Otras veces la encontraron vagando en los cuartos de atrás, sin responder cuando la llamaban.

Toda la familia estuvo de acuerdo en que debían llevarla con un médico de la mente, algún psiquiatra o psicólogo. Determinaron que estaba en un cuadro depresivo tremendo, por lo que tenían que sacarla de ahí pronto. Así se hizo. Se le recetó un tratamiento con diversos medicamentos y se le recomendó de manera urgente que saliera de la casa, a pasear o a visitar algunos parientes; la idea era que cambiara de ambiente. Aquello funcionó; la enviaron a Monterrey, ciudad en la que tenían familiares, y, en un par de días, definitivamente volvió a ser ella misma. El cambio era asombroso: comía bien, reía, platicaba, asistía a bailes, vaya, volvió a la vida. La familia recibió la noticia con beneplácito. El médico consideró que un par de semanas le serían suficientes, pero por decisión de la familia permaneció allá más de tres meses. Cuando regresó a la Ciudad de México era otra vez la joven guapa y llena de vida. Helena decidió que no permanecería más en casa, buscaría un trabajo y contrataría a una empleada que hiciera las labores domésticas. Nadie se opuso.

La señora Ruth, la empleada del hogar, era un persona mayor, muy seria, formal, limpia y trabajadora. La casa resplandecía y la madre de familia estaba encantada, pero no por mucho tiempo. Ruth no pudo quedarse, al poco tiempo renunció y se fue, no sin antes comentar que esa casa estaba embrujada y recomendar que no vivieran ahí. En sus pocos días de trabajo en esa casa siempre tuvo la sensación de que la veían, pero no solo eso, varias veces escuchó que la llamaban por su nombre, al estar sola. Un día, mientras aseaba la sala de estar, vio pasar detrás de ella a la patrona, caminando tranquilamente hacia la cocina. Aquello no tendría nada de raro, salvo porque instantes después, la señora de la casa entró por la puerta principal, apenas venía llegando de la calle. Eso y una serie de pequeños incidentes, como quedarse atrapada en un baño que no tenía chapa sino una aldaba, o escuchar gente platicando amenamente en el comedor, donde no había nadie, la motivaron a renunciar. Ruth se fue visiblemente espantada. Ese día había visto a una mujer en la habitación del fondo. La miraba de manera fija y, de pronto, extendió los brazos, como queriendo alcanzarla. Ruth no pudo más con eso.

Pocos días después, Helena comenzó de nuevo con aquellas cosas raras. Se quedaba de pie mirando por una ventana que no daba a ninguna parte, sentada en la cama observando el vacío, viendo un televisor que no tenía señal sino solo ruido blanco... Pero ahora, su apariencia se deterioraba rápidamente; además, parecía hablar con alguien. A mitad de la noche, la descubrían conversando, pero no había nadie con ella. De nuevo visitaron al médico; de nuevo pastillas, recetas, tratamientos, pero esta vez el cuadro era mucho peor.

Pasaron unos días y la madre de familia salió a comprar cosas para la comida al mercado cercano a la casa donde solía ir por la despensa. Mientras esperaba a que le entregaran su pedido, se acercó la vecina de la casa de enfrente, la típica vecina entrometida y sin mucho que hacer. La saludó con una sonrisa y le preguntó cómo estaban todos en su casa, pero después le soltó a bocajarro un comentario demoledor:

—No debería dejar que Helenita esté afuera en las noches, no vaya a ser que se enferme o que la gente piense cosas malas.

En otro tiempo, la madre le habría mandado con cajas destempladas a recordar a sus ancestros, pero al escuchar eso, rápidamente recapacitó. Acto seguido, interrogó a la vecina, quien le contó que muchas noches, no todas, pero sí muchas, veía a Helenita afuera de la casa, sentada al pie del árbol del patio, vestida de blanco con un camisón delgado y el pelo suelto. El detalle que la vecina no sabía era que Helenita no salía de la casa, le daba horror el árbol aquel y tenía un temor incapacitante a los insectos. Pero, además, para salir habría tenido que pasar por la habitación de los hermanos y luego por la habitación de la madre, abriendo y cerrando aquellas pesadas y ruidosas puertas, para luego abrir la puerta exterior y caminar hasta allá. No tenía sentido, algo más ocurría aquí. La madre lo entendió de inmediato; canceló el pedido y salió de ahí, no sin antes recomendarle a la vecina que se preocupara de sus propios asuntos y de su propia hija, quien recibía la visita de un taxista en las mañanas, cuando la madre salía a las compras.

En cuanto llegó a casa, la madre de Helena localizó a un trabajador conocido de años y le pidió que fuera pronto con un par de ayudantes para tirar el árbol. Enseguida comenzaron a cortarlo y retiraron las ramas, pero cuando sacaron las raíces, encontraron una serie de cosas enterradas ahí abajo. Lo primero fue un frasco grande de vidrio con una tapa de lámina; en el interior había fotografías antiguas, en color sepia. Entre ellas estaba la foto de una mujer vestida de novia, una chica de cabello negro y mirada triste. Más abajo encontraron un velís, una de esas maletas de antes hechas de cuero grueso. Estaba deteriorado por fuera, pero conservaba cosas en su interior: un portarretratos cuya foto ya no se podía ver, un relicario de plata cuya foto tampoco se podía ver; también, una pequeña cuchara de plata, un vestido de novia, restos de listones de colores y, en el fondo, una pequeña caja de madera, como las que se usaban para guardar botellas acostadas. En el interior de la caja había un pequeño esqueleto, probablemente de un nonato: era muy pequeño. Más abajo encontraron otra serie de restos: fragmentos de tela, otra cuchara muy pequeña y lo que hubieran podido ser unos zapatos de mujer. Lo más impresionante era la foto del frasco, porque estaba bien conservada. Pero no era como tal foto de la boda, solo de la mujer vestida de novia, no había ninguna foto del novio ni de la celebración.

La madre consultó con el sacerdote, amigo de toda la vida, quien sugirió bendecir el lugar, hacer oración y pedir misas por el descanso de aquella alma en pena; en cuanto al feto, se encargaría de llevarlo al cementerio y darle sepultura, lo demás sería quemado fuera de la casa, en un terreno baldío.

Sin el árbol aquel, la casa comenzó a tener más luz; Helena recuperó el buen ánimo y pronto estaba de nuevo trabajando. Sin embargo, la casa como tal siempre conservó un aura extraña, no se podía estar tranquilo ahí, siempre existía la sensación de que había alguien viendo. Poco tiempo después, la familia empacó sus maletas y se mudó a una casa nueva no muy lejos de ahí. Nunca indagaron acerca de aquella persona y lógicamente no supieron cuál era la historia; la madre de Helena nunca quiso que se especulara sobre la mujer de la foto, pues ahora ya estaba en paz.

Pero como le mencioné antes, a veces no se trata en sí de tesoros, solo cosas que en vida tuvieron importancia para la persona. En este relato se hace muy evidente que la tristeza de aquel ser espectral afectaba también a los vivos, quizá sin proponérselo, quizá solo por estar ahí corrían el riesgo de verse afectados.

Muchas personas consideran como algo emocionante el estar frente a este tipo de fenómenos, sin saber que, aun cuando solo se trate de personas fallecidas que no tengan una intención maligna, pueden causar grandes trastornos en las personas vivas.

La creencia popular es que un tesoro escondido es algo de gran valor que yace oculto. En el terreno de lo paranormal, un tesoro escondido puede ser cualquier cosa que tuvo un significado especial para alguien, a tal punto de quedarse después de la muerte custodiándolo o tratando de estar cerca. Por ejemplo, se ha notado un fenómeno particularmente interesante, el de los vestidos de novia; se trata de casos de tesoros relacionados con apariciones de damas blancas (fantasmas femeninos) cerca de las cuales se han encontrado ocultos elementos de boda: vestidos, lazos, coronas u otros accesorios nupciales.

DOS NIÑOS, UN CASO DE BRUJERÍA

Permítanme que les cuente un caso cercano, un episodio en el que conocí a las personas involucradas porque eran amigos de mi familia, y que por ello quizá me ha sido aún más intrigante. No puedo dar una explicación y no intento asegurar que las cosas fueran exactamente como me las narraron, pero las personas de las que voy a hablar eran inteligentes, razonables y sin ningún antecedente de ser afectas a ilusiones o fantasías relacionadas con lo paranormal. Si bien yo tendría conocimiento de este caso hasta varios años después de lo ocurrido, me pareció intrigante.

Déjeme que le lleve atrás en el tiempo, al Estado de México, en la parte central de la República mexicana. Es 1990 y la familia García (no es su nombre real, para guardar su privacidad) es una familia tradicional, integrada por el padre, la madre y cuatro hijos. También se trata de un hogar próspero, gracias a que todas y todos participan en el negocio familiar: un comercio grande de diferentes productos agrícolas. Tienen varias bodegas distribuidas en aquel estado y el trabajo arduo los ha recompensado con un bienestar económico razonable. He de aclarar que no son magnates ni nada parecido, solo son una familia trabajadora que tiene una vida muy próspera. No es fácil decir desde el exterior cómo era la vida en la casa, pero en las ocasiones en que visité aquel hogar se respiraba una atmósfera de calma y armonía. La señora era cercana a la Iglesia, participaba cada domingo en la misa y también en los cursos de catecismo para los pequeños de la parroquia. El señor de la casa era un hombre que se había hecho de lo que tenía comenzando desde lo más bajo y había logrado una posición cómoda. Tres de sus hijos ya habían concluido los estudios y lo apoyaban en el negocio, en tanto que la hija menor aún asistía a la escuela preparatoria; era una chica encantadora.

En mayo de aquel año organizaron una comida para amigos y familiares con el fin de celebrar treinta años de matrimonio de los padres. Fue muy grato conversar con ellos y compartir la mesa. Vivían en una casa grande, de un solo nivel, con varias habitaciones que evidentemente habían sido añadidas una tras otra; un enorme patio trasero alojaba los vehículos de la familia y al fondo había una habitación amplia con su propio baño para las dos trabajadoras del hogar que ayudaban en la casa. Por cierto, a la casa la custodiaban tres enormes perros de apariencia feroz y de gran tamaño; en las ocasiones que visitamos aquella casa, los dueños tenían que salir y encerrarlos en una habitación, a fin de que pudiéramos pasar. Como parte de los elementos de seguridad, la casa tenía rejas metálicas en cada ventana y las bardas estaban coronadas con alambre de púas. Aunque era un rumbo muy bonito, era muy solitario y no había precauciones que sobraran, incluyendo gruesas puertas de acero para el acceso a la casa.

En aquella ocasión de la fiesta de aniversario, pudimos platicar de todo tipo de temas, como de sus proyectos de negocios y del próximo matrimonio del hijo mayor; incluso pudimos bailar un par de piezas con la encantadora hija menor. Era un buen momento para la familia, los negocios estaban en auge, la economía familiar era muy cuidada, sin excesos, pero sin que faltara nada, incluyendo un viaje al extranjero y una hermosa camioneta *pick-up* que se le regaló al padre como obsequio de aniversario, precisamente en esa comida especial. Poco nos imaginábamos lo que ocurriría tiempo después, a menos de un mes de distancia, a principios de junio.

Era sábado, quizá cerca de las nueve de la noche y en la casa se encontraban únicamente el padre y la madre; los hijos y la hija habían salido a dar una vuelta a la Ciudad de México. El padre y la madre estaban en su recámara viendo la televisión, un programa de la época que les había hecho gracia y veían con avidez cada sábado a partir de las ocho de la noche. Ese sábado no fue la excepción; solían llevar a la habitación un plato con golosinas o galletas con el que disfrutaban de su programa.

En algún momento, durante el corte comercial, el padre se levantó para ir a la cocina por alguna otra cosa. La señora permaneció en la habitación, sentada en la cama. Insisto, estaban muy animados viendo la televisión. Repentinamente, a su lado izquierdo y por el rabillo del ojo, percibió como si hubiera algo brillando, como si alguien hubiera lanzado un puñado de brillantina al aire. Obligadamente giró la cabeza para ver qué ocurría y justo frente a ella, a centímetros de distancia, comenzaron a tomar forma dos figuras humanas. Al principio solo como algo grisáceo, como si fueran de humo, pero posteriormente tuvieron cierta nitidez. Se trataba de dos niños, que fueron tomando más y más claridad; uno sería de unos 14 años y el otro un poco menor, ambos con tez morena y cabello negro. Uno traía una camiseta roja, y el otro, una camisa clara; ambos la miraban fijamente.

Aquella mujer, sorprendida, no pudo sino exclamar:

—¿Quiénes son?, ¿qué hacen aquí?

Pero no hubo respuesta. Asombrada y con el corazón a reventar, lo único que pudo hacer fue gritarle a su esposo. En ese instante, ambos niños sonrieron macabramente y, mientras se desvanecían frente a ella, dejaban aquel extraño polvillo flotando en el aire. Mientras se desvanecían, sus rostros dejaron de parecer infantiles y por un momento a la señora le pareció que eran más como alguna suerte de animal extraño y aterrador. Cuando el esposo volvió corriendo a la habitación, la encontró en *shock*, llorando y sin poder hablar; estaba fría y pálida, hasta el punto del desmayo.

No pudo responder a las preguntas que le hacía su esposo.

—Había dos muchachos aquí parados junto a mí —alcanzó a decir al fin.

Algunos casos de aparición paranormal suelen explicarse como alucinaciones hipnagógicas o hipnopómpicas, al principio o al final del sueño. Estas ocurren cuando el consciente interpreta los primeros o últimos fragmentos del sueño como señales de los sentidos, por lo que parecen algo real, aunque, claro, no siempre es el caso.

El señor corrió a tomar un arma de un cajón, luego fue a revisar la casa. Recorrió habitación por habitación, pero no había nada extraño y todas las ventanas y puertas estaban cerradas. Afuera, en el patio, los perros estaban echados tranquilamente. Lo único raro era el gato de la familia: estaba erizado en un rincón, en una posición similar a la que adoptan los mininos cuando se sienten amenazados por un animal mayor. Ese gato era muy tranquilo, ya viejo, siempre había sido gato de interiores y era muy mimado, pero en ese momento estaba como loco, listo para defenderse de algo. El señor de la casa era un hombre razonable y lo primero que le vino a la mente fue que su esposa se había quedado dormida y había soñado.

Claro que a la señora no le pareció así; estaba segura de que no era el caso y yo me atrevería a pensar que estaba en lo cierto, pero ¿quiénes eran esos jovencitos? Uno pensaría que eran fantasmas, personas muertas que se aparecen, pero en aquella casa no había habido ningún incidente de esa naturaleza y definitivamente ningún miembro de la familia había muerto. Entonces,

¿de dónde habían salido? Está de más decir que esa noche la señora no durmió ni un minuto y al día siguiente, a primera hora, acudió a la iglesia a pedir consejo. No fue de mucha ayuda; de hecho, el señor cura pensó que se trataba de un sueño muy real, no le dio importancia al asunto y solo le sugirió rezar por el eterno descanso de las ánimas del purgatorio. A la única persona que le preocupó y le hizo sentido fue a la señora que ayudaba en la casa, ella pensó algo diferente.

La empleada del hogar era una mujer ya mayor; había llegado a trabajar a esa casa unos 15 años atrás, después de enviudar. No pudo tener hijos, así que esta era su familia. Había visto crecer a los hijos y alguna vez había hecho la tarea escolar de alguno. A diferencia de otras casas en donde el personal de servicio come a distinta hora de la familia o en otra mesa, ella comía con todos, platicaba, opinaba y regañaba. Para los chicos era como una tía ya mayor, un poco regañona y malhumorada, pero en el fondo era una persona que los estimaba. La señora Elo (Eloísa) fue la única que escuchó con atención aquella experiencia. Le pidió a la señora de la casa que le volviera a narrar varias veces lo que vio, lo que sintió y le preguntó si había percibido algún olor o algo que fuera diferente. A decir verdad, tenía razón: al momento de la aparición, había habido un olor horrible a drenaje o a excremento; la madre no había caído en cuenta hasta entonces, pero incluso su esposo alcanzó a percibirlo. No le dio ninguna importancia, pero Elo parecía considerar ese detalle como trascendente.

La señora Elo era originaria del estado de Oaxaca y de familia campesina. Su vida había sido normal hasta que por un problema de tierras asesinaron a su padre y a su marido. Ella decidió irse de ahí y buscar suerte en la Ciudad de México; así llegó con los señores García y se acomodó en esa casa. Elo era una mujer sencilla, pero al mismo tiempo poseedora de saberes inusuales, desde cómo saber si un hongo era venenoso o comestible, cuál planta quitaba el resfriado y cómo aliviar un problema estomacal, hasta cómo alejar una tormenta clavando un machete en la tierra. Elo fue la única que prestó atención porque aquello le pareció que era brujería.

—Esos no son niños, los niños no espantan. Esos son muertos que le mandaron, alguien ya les hizo un mal.

Es difícil que las personas crean así como así en estas cosas, sobre todo cuando se trata de personas ecuánimes con una vida de trabajo apartada de todos estos temas oscuros. La señora de la casa no pensó mucho en lo que Elo le dijo; de hecho, ella nunca había acudido con un brujo o un chamán; la señora García era muy cercana a su religión y la Santa Madre Iglesia prohibía eso de mil maneras.

Pero es probable que Elo tuviera razón. Yo no puedo asegurarlo, pero Elo había oído mucho de estos temas y sin duda su opinión podría haber sido valiosa si la hubieran tomado en cuenta, en especial cuando durante los días siguientes volvieron a ocurrir algunos incidentes raros. Uno que la familia recordaba no fue atemorizante, solo extraño, ya que por lo regular todas las mañanas, cuando el señor de la casa abría la puerta para subir a su auto, los perros alocadamente entraban, buscando algún pedazo de pan o tan solo unas caricias como recompensa por una noche de vigilia. Hacían un gran alboroto, entraban a la cocina, olisqueaban todo, movían la cola y después de un momento volvían a salir. Pero ahí estuvo lo extraño; esa mañana, quizá una semana después del encuentro con los niños, al abrir la puerta, los perros llegaron corriendo, pero no entraron, retrocedieron agachando los cuartos traseros en una actitud muy inusual, como si algo les provocara miedo, ahí, justo detrás del dueño.

Unos días después, a la hora de la comida, la familia estaba a la mesa y Elo estaba a unos cuantos pasos, calentando tortillas para todos. De pronto ella se quejó y giró ágilmente como queriendo ver qué había detrás de ella. Había sentido un manoseo extraño, pero estaba lejos de los demás, ahí no había nadie, salvo el gato, en un rincón, completamente erizado y en posición de ataque.

—Señora, esto es brujería, ya les hicieron un mal, hay que buscar ayuda —insistió.

De nuevo, fue ignorada. Tristemente, unos días después comenzaron los problemas en el negocio. En todas sus tiendas, las ventas de los productos comenzaron a bajar sin tener una razón. Aquello era extraño, porque iban muy bien y de pronto todo se fue en picada. Por supuesto que no se trata de algo inusual en los negocios, esto suele ocurrir, pero también comenzaron a pasar otras cosas; por ejemplo, una camioneta cargada se volteó y se perdió toda la carga. El chofer iba sobrio y era un hombre de experiencia y buen conductor; sin embargo, no supo de qué manera había perdido el control del vehículo. La esposa del hijo mayor había concebido un bebé, lo perdió muy pronto y de una manera dolorosa. Los perros enfermaron y murieron, casi todos al mismo tiempo. Había muchos otros detalles nefastos; la casa se sentía oscura, fría y húmeda; al hablar parecía que hubiera un eco inusual y con frecuencia los focos se fundían. El viejo gato no pudo más y un día salió para no volver, y la economía de la familia pronto iría por el mismo camino. Primero cerraron una tienda y la vendieron, luego otra y luego otra, hasta que se quedaron solo con una. También vendieron los autos y pronto solo había uno. De las dos personas que ayudaban en la casa, solo quedó la señora Elo, que seguía insistiendo en que buscaran ayuda.

Finalmente, el señor de la casa enfermó. Era un hombre sano, hacía poco se había realizado un examen médico y no había nada de qué preocuparse, pero entonces comenzó con aquellos extraños ataques, similares a un problema de epilepsia, aunque más violentos. Estudios fueron y vinieron. Le diagnosticaron epilepsia del lóbulo temporal; después lo consideraron como un problema de apnea, luego de otra cosa y así pasó por diversos especialistas de renombre, sin concluir en un diagnóstico certero. Vendieron la casa y se fueron a vivir a una pequeña vivienda que tenían en otro rumbo, pero la fortuna no cambió, los problemas siguieron y los fenómenos en la casa pequeña eran muy notorios: puertas que se abrían o cerraban solas, sombras que se cruzaban por detrás de las personas y el horrendo olor a excremento que repentinamente llenaba el ambiente.

El sacerdote visitó la casa, bendijo aquí y allá, roció con agua bendita y después se sentó a cenar como si nada pasara; platicó y rio mientras contaba historias. Por supuesto, los fenómenos continuaron y la salud del señor de la casa seguía decayendo. El hijo mayor ya no vivía ahí y tenía un trabajo en otra parte, los dos siguientes trataban de salvar el negocio sin mucho éxito, la hija pudo ir a estudiar lejos. Quizá fue la mejor decisión, pues le permitió dejar atrás lo que fuera que ocurría en esa familia.

La pesadilla se prolongó por varios años. La riqueza que alguna vez hubo en esa familia desapareció por completo. Afortunadamente, en cierto momento cada hijo buscó trabajo y pudo aportar a la familia, pero la salud del papá siguió en decadencia día con día. Se cambiaron a un edificio en la ciudad, más cerca de los médicos, un departamento nuevo, muy bonito y luminoso. No más de ocho días después, el lugar era frío, oscuro y pestilente. Hacía tiempo que la señora Elo no estaba con ellos, solía ir a visitarlos y cada vez insistía en que buscaran apoyo. No le hicieron caso. Sin embargo, un día llegó muy alegre porque había encontrado una ayuda que la señora aceptaría: un sacerdote que hacía liberaciones, un hombre santo.

No tengo mayor conocimiento de quién era aquel sacerdote; cuando me relataron este caso él ya había muerto, pero sin duda era alguien especial y con un don poderoso. Lo único que sé es que lo conocían como el padre Juanito y que era de origen español. A continuación me contaron lo que pasó con él.

Semanas después de la visita de Elo, la señora y el señor localizaron a aquel sacerdote y lo visitaron. Cuentan que era un hombre mayor y de complexión pequeña, cabello blanco y gruesos lentes, manos muy blancas y una sonrisa fácil, un hombre atento. Según me relataron, no fue necesario dar muchas explicaciones, parecía saber de antemano todo. Pensaron que quizá Elo lo habría puesto al tanto, pero posteriormente sabrían que ella nunca lo conoció, que solo oyó de su fama como sacerdote. Así que Elo no pudo haberle contado nada y sin embargo él parecía saberlo todo.

Aquella primera visita fue atemorizante. Cuando puso las manos sobre la cabeza del padre de familia y empezó a hacer oración, repentinamente el hombre comenzó a llorar sin control, de una forma como nunca habían visto, también temblaba y sudaba. Cuando colocó las manos sobre la señora de la casa, ella sintió que un gran peso se le quitaba, como si hubiera llevado un gran costal en la espalda y de pronto ya no lo tuviera. La oración se prolongó por mucho tiempo, aunque para ellos dos (solo entraron el padre y la madre) parecieron ser minutos.

Días después el padre volvería. Nuevamente hubo oración y aquellas sensaciones extrañas, pero en esa ocasión hubo algo diferente: al finalizar la oración, el sacerdote se acercó a la señora y le comentó que esto era producto del mal, pues él sentía la presencia del demonio cerca de ellos y necesitaría realizar una liberación mayor. Tristemente el padre de la familia no quiso más; era un hombre muy racional y aquello no le hacía sentido. Quizá debió escuchar la última parte antes de salir, porque según contaban, el sacerdote comentó quién era el autor de aquel daño y no fue difícil reconocerlo. Se trataba de un antiguo chofer del camión de reparto a quien más o menos en 1990 habían despedido junto con otro empleado de la bodega, pues los habían descubierto robando importantes cantidades de productos. Unos días después, el camionero volvió con unos regalos para la casa; les pidió perdón, y les aseguró que no era cierto y que él nunca le haría daño a alguien. Entre los regalos había una especie de mole. Cuando Elo lo encontró, inmediatamente lo tiró a la basura, pero el señor de la casa ya lo había comido, fue el principio del mal.

Tras la oración del padre Juanito, los espantos desaparecieron, se acabaron los olores terribles y las sombras, pero el daño al señor de la casa estaba hecho y no se pudo eliminar. El señor no aceptó el ejercicio de liberación y en ello se le iría la vida. Poco tiempo después falleció y con él la historia llegó a su fin, por lo menos en parte. Al volver del sepelio, apenas entró al departamento, la señora pudo ver en un rincón a los dos muchachitos aquellos, los seres espectrales, desapareciendo lentamente. El departamento recuperaría la luz y la calidez, y no volvería a haber ningún espanto. Yo no puedo asegurarlo, porque no estuve ahí, pero cuando los amigos lo platicaron, su voz temblaba al recordar esto. Entre largas pausas y algunas lágrimas, me confiaron su secreto y los tristes acontecimientos de la familia, que habían comenzado con una aparición de niños fantasmales.

Según algunas creencias en el mundo de lo paranormal, los niños no se convierten en fantasmas, pero los seres de oscuridad suelen utilizar tal apariencia para debilitar las defensas naturales de las personas. El fantasma de un niño en ocasiones resulta enternecedor, provoca tristeza, o quizá empatía, así reduce el grado de resistencia. Se les llama *suplantadores.* En otras culturas sí se considera que los niños al morir pueden convertirse en fantasmas, pero eso se debe a que algo los atrapa y los sujeta a este reino. Los griegos llamaban a estos seres desencarnados *aoroi*, los que habían muerto antes de su hora, y se consideraban apariciones funestas. En el vudú yoruba, *Eleegua* es un ser con aspecto de niño, pero es un espíritu tramposo y malévolo.

II

LOS RELATOS QUE NOS CAUSARON TEMOR

En 2003 surgió la oportunidad de formar parte de un programa de radio. En aquel entonces, la estación en la que trabajaríamos tenía gran alcance y, si bien era una estación de la amplitud modulada, también era muy querida en la ciudad de Puebla, México, y una de las más antiguas del país. La idea era que el programa abordara temas de misterio y terror; se llamaría *Relatos del lado oscuro* y, ciertamente, era una gran aventura. De lunes a viernes, a mitad de la noche, platicábamos historias de miedo, compartíamos casos famosos, hacíamos radioteatros de relatos literarios y, por supuesto, escuchábamos al público. Nos asombró que las personas desearan compartir sus experiencias; nos llamaban por teléfono y las poníamos al aire para que contaran lo que les había ocurrido, lo que habían visto y experimentado. En algunas ocasiones, iban directamente a la cabina y ahí frente a un micrófono nos relataban lo que habían vivido.

Fotografía tomada en la cabina de la estación, año 2006. Al centro José Ramón Cantalapiedra y a la izquierda una invitada al programa.

Fruto de aquella experiencia de contacto, conocimos muchísimos relatos. Algunos de ellos realmente nos provocaron miedo; otros, asombro; y otros más nos sorprendieron. Estos son algunos de esos testimonios que recordamos. Años después, particularmente en 2017, la economía de la estación comenzó a decaer y pronto tuvimos que hacer ajustes, reducir el número de transmisiones, recortar el equipo de producción y limitarnos a un programa a la semana. El público estaba ahí, pero la gran época de la radio llegaba a su fin. Así continuamos durante algún tiempo hasta que llegamos a la plataforma de videos YouTube. Ahora se abrían las puertas al mundo entero con nuevos relatos, experiencias, leyendas y conocimiento.

Gracias a este cambio fue como pudimos conocer algunos de estos nuevos relatos que nos asombraron y que, además, también nos causaron temor. El hecho de que las personas que narraban los acontecimientos ahora lo hicieran de forma escrita o mediante grabaciones de audio no nos libró de algunas cosas extrañas ni sensaciones de miedo.

EL PASTOR Y EL DEMONIO

En el año 2009, el programa de radio aún se transmitía de lunes a viernes desde las 10:30 de la noche hasta la medianoche. En cabina éramos tres personas: el operador de audio, la asistente de producción, que se encargaba de los teléfonos y de los mensajes, y un servidor ante el micrófono. El edificio de la estación albergaba otras estaciones, oficinas, salas de juntas, cabinas de edición, etc. Pero a esa hora todo era tranquilidad, salvo en la cabina. Claro, al salir de la estación y manejar en una ciudad vacía, a mitad de la noche, después de haber estado hablando todo tipo de cosas horrendas, siempre daba cierto temor. Especialmente, en octubre de aquel año, habíamos comenzado un ciclo de programas relacionados con el demonio, Satanás, y relatábamos episodios de posesión demoniaca, de ataques y de historias realmente terribles. Salir a esa hora después de esto era todo un desafío.

Fue durante uno de esos programas horribles cuando recibimos la llamada de un caballero que deseaba platicar en persona; se identificó como pastor de una iglesia evangélica y tenía un gran interés en transmitirnos sus experiencias acerca del demonio y también hablarnos de algo más. No nos quedó claro a qué se refería con «algo más», pero al platicarlo con la responsable de la estación y el equipo de producción, nos pareció una buena idea invitarlo a conversar en vivo. Sería algo diferente, sin duda; lejos de ser una persona común relatando acerca del fantasma de su casa, esta vez sería alguien relacionado con creencias religiosas. Se agendó la cita y preparamos algunas preguntas. No sabíamos bien a bien quién era ni a qué iglesia pertenecía, pero no sentimos temor, porque, además, estábamos en una estación de radio, con policía en la puerta y cierto nivel de seguridad, no cualquier loco se atrevería a venir y armar un escándalo.

Cuando llegó el día en cuestión, por la puerta de la cabina apareció un hombre bajito y de pelo negro. Lejos de la imagen que nos habíamos creado de un ministro con ropa negra y alzacuellos, aquel hombre parecía más bien una persona común. Pero sin duda estábamos equivocados, apenas nos acercamos a saludar, fue evidente que no estábamos con una persona común. Cuando le di la mano, no pude evitar sentir un escalofrío y la sensación de que este hombre aparentemente normal estaba lejos de serlo. Una energía extraña, una fuerza, lo rodeaba. No podría describir cabalmente aquello, pero su llegada a la cabina de radio cambió hasta el ambiente, que comenzó a sentirse diferente.

Llegó unos minutos antes de comenzar la transmisión, se identificó con nombre completo y mencionó la iglesia a la que pertenecía (omitimos estos detalles, porque así nos lo solicitó).

Luego se dirigió a mí, amablemente, con una voz muy tranquila, pero que se sentía firme y clara; no levantaba la voz, pero se escuchaba perfectamente.

—He venido a platicar contigo, lo que haces al hablar de estos temas es importante, dar a conocer estas historias es exhibir al demonio. Satanás odia eso, por eso estoy aquí contigo hoy, necesitas toda la ayuda que se te pueda dar.

Acto seguido levantó las manos y comenzó a hacer oración mencionando una serie de frases que se me quedaron grabadas en la memoria:

—Que la sangre de Cristo cubra este lugar y nos proteja. La sangre de Cristo tiene poder sobre las tinieblas y su poder nos libra del asedio del demonio.

Por varios minutos estuvo orando. Debo decir que en ese momento me invadió una sensación de paz, así como una confianza enorme. Este ministro transmitía ese poder del que hablaba; si debiera decir cómo me sentí en ese momento diría que me sentí seguro y protegido.

La charla comenzó explicándonos que el demonio no quiere que se hable de él y que esa noche, al estarlo evidenciando, estaría muy molesto, pero que era necesario por el bien de los radioescuchas, para que entendieran que esto no era un juego. En privado, me comentó que el trabajo que hacíamos era peligroso, que hablar de Satanás era como llamarlo, por lo que teníamos que protegernos, y que haría oración por nosotros. Ya de inicio, escuchar eso me predispuso a sentirme inquieto; si bien me había sentido seguro previamente, ante esa advertencia, no pude sino sentir un escalofrío que no se me quitaría hasta bien entrada la mañana siguiente.

La charla al aire comenzó con la presentación, el señor era ministro religioso de una iglesia evangélica y había sido misionero en diversas partes del país, en donde evangelizaba y atendía a las personas que acudían a orar o simplemente a conocer lo que predicaba. Pero también había tenido algunos encuentros extraños, incluso se podría decir que eran encuentros mortales, y narrarlos serviría para enseñarnos que con el demonio no se juega.

Todo comenzó años atrás, en los ochenta. Le habían asignado servir como pastor en una pequeña congregación de la sierra de Oaxaca, en México. El poblado mismo era muy pequeño y disperso, la plaza central constaba de una veintena de casas, una iglesia católica y un edificio público que servía para atender los asuntos legales y como comandancia de los tres policías que habían asignado a la localidad. Una calle atrás estaba una cantina y un burdel; más allá la vegetación se cerraba y solo alcanzaba a verse una espesura de color verde.

La ciudad más cercana estaba a unas dos horas por brecha, al final de un camino de tierra franqueado por vegetación y acantilados. No era común que las personas salieran del pueblo, si llegaban a ir a la ciudad, lo hacían solo el día en el que algún camión saliera de la comunidad; periódicamente salían camiones cargados con madera o con productos del campo, también servían para el traslado de personas al punto carretero más cercano. No era fácil salir de aquel lugar y tampoco era fácil vivir ahí, las temperaturas eran muy altas todo el tiempo; los mosquitos, insoportables, y la humedad, de esas fastidiosas que pegan la ropa al cuerpo. Pero, además, predominaba el tedio; en un lugar así las actividades recreativas eran mínimas y, aunque había energía eléctrica y televisión, solo se captaban dos canales, excepto en la cantina y el burdel, que tenían una antena parabólica y, por ende, acceso a más canales, obviamente enfocados a sus giros comerciales. Los jóvenes muy pronto se sumían en el alcohol y el vicio; las jovencitas muy pronto estaban casadas y procreando; no había mucha esperanza de nada distinto.

El pastor nos contó que a su llegada a esa comunidad se encontró con una iglesia casi abandonada, en realidad no era más que un galerón con piso de tierra y unas cuantas sillas de plástico. La iglesia católica no estaba mejor, hacía un par de años que no había sacerdote y solo alguna vez y de forma eventual había misas. Sin embargo, cerca de ahí, en las afueras del pueblo y junto al río, había un próspero brujo, un hombre que se había hecho fama de conocer secretos y de poder hacer todo tipo de encantamientos. Solía tener más público que la iglesia y que la congregación evangélica juntas.

El pastor comenzó por invitar a las personas, casa por casa, presentándose y saludando de forma amable. Luego invitó a las y los jóvenes, les enseñaba a tocar la guitarra y a cantar alabanzas, no los obligaba a quedarse al servicio religioso, solo a menos que quisieran, pero por lo pronto les ofrecía un espacio para cantar, platicar, reírse y quizá encontrar algo bueno ahí. Había una enorme necesidad de la palabra divina y muy pronto la pequeña congregación integrada por 15 miembros comenzó a atraer a más jóvenes. Al principio se acercaban por curiosidad, pero luego comenzaron a creer y a hacerse activos en el conocimiento y la práctica de la Biblia. El pastor aseguraba que la presencia divina atraía cada día a nuevas personas y él se sentía bendecido.

Ahora que se había ganado la confianza de la gente, comenzaron a relatarle los sucesos extraños y atemorizantes que ocurrían en ese lugar. Desde hacía algún tiempo, varios jóvenes se habían quitado la vida. Eso no era lo extraño; en un lugar tan solitario y triste no sería raro que eso pasara, la desesperación se respiraba en el aire. Lo raro era que eso ocurría después de haber visitado al brujo, allá cerca del río; los jóvenes regresaban diferentes y no volvían a ser los mismos. El pastor entendió por qué estaba allí realmente, no solo había ido a cantar y a leer la Biblia, había ido con una misión mayor: liberar.

Desde que se había incorporado a la congregación, pasó por varios cargos hasta convertirse en pastor; en ese trayecto había conocido múltiples historias de personas afectadas por el demonio. Ya cuando se convirtió en ministro, participó en varios ejercicios de liberación, durante los cuales vio cosas inexplicables y aterradoras para cualquiera; sin embargo, su fe lo había protegido y, según nos contó, terminó por ser seleccionado para tal fin: para participar en los ejercicios de liberación. Incluso participó en una ocasión de manera conjunta con un sacerdote católico, en un exorcismo solemne. Aquí su misión había comenzado de forma diferente, sirviendo a la comunidad, pero parecía que el enemigo lo perseguía y lo tendría que enfrentar nuevamente en algún momento.

Permítame comentarle que mientras aquel hombre platicaba estas cosas, la cabina de radio se sentía cada vez más rara, como si hubiera mucha estática en el aire y también como si las luces que iluminaban aquel lugar hubieran reducido su intensidad. Quizá fue simple sugestión mía, pero empecé a sentir cierta oscuridad en el ambiente. Imagino que el pastor también lo sintió, porque en un momento detuvo la narración, levantó las manos y comenzó una oración que reprendía al demonio, luego sonrió y bajó las manos mientras se dirigía a mí.

—Si quieres, podemos ir a un corte comercial.

Por supuesto que fuimos a corte y a tomar un sorbo de café y fumar un cigarrillo lo más lejos posible de la cabina. Al volver, la atmósfera se sentía en calma y el pastor continuó su relato.

Al paso de los meses la congregación había crecido asombrosamente; cada día llegaban nuevas personas que pedían incorporarse o bautizarse como creyentes. El coro estaba formado por una docena de jóvenes muy animados que tocaban y cantaban alabanzas. Desde la capital les habían enviado los instrumentos y habían logrado equipar aquello de forma muy bella. Las reuniones de los sábados por la tarde eran las favoritas del grupo de jóvenes por las pláticas, pero también por las actividades, desde juegos de pelota hasta dominó o cartas. Claro, no había apuestas, solo se jugaba por diversión.

Varios jóvenes varones integraron un grupo especial de oración que se reunía los viernes por la noche. Se preparaban estudiando la Biblia y escuchando predicaciones especiales. Ahí no había juegos, solo oración. Este grupo tenía como misión prestar un servicio comunitario.

Hasta aquí, todo marchaba muy bien. La congregación estaba llena, había un coro, aquel grupo de jóvenes, y todos muy contentos. Pero entonces una tarde llegó una mujer llorando y pidiendo su ayuda. La hicieron pasar a la casa del pastor; ahí relató que su hijo había comenzado a actuar raro, había ido a ver al brujo unos días atrás. Su novia le había dicho que tenía que ir para que lo protegieran contra la envidia de alguien, pero a partir de ese momento había comenzado el horror; primero el chico comenzó a decir cosas ininteligibles, a caminar vacilante, como si estuviera tomado, pero no bebía alcohol. Comenzó a hablar con una voz diferente, muy ronca, y a decir muchas malas palabras; la madre lo había educado para ser un hombre de bien, pero ahora hablaba como un malviviente y decía obscenidades horribles.

Lo peor acababa de ocurrir apenas un rato atrás: el chico de pronto se levantó de la mesa y abofeteó a su madre (el padre había muerto tiempo atrás), luego la tomó por el cuello y la levantó del suelo, como si no pesara nada. La mujer sintió terror cuando al mirarlo a los ojos, en lugar de ver a su hijo, vio a un demonio; no podía describirlo de otra forma, un demonio. Lo único en que pudo pensar fue una oración que había oído en la congregación, así que invocó el poder de Jesucristo y en su santo nombre reprendió a ese ser maligno. Entonces el hijo la soltó, pero seguía actuando entre ausente y amenazante, por eso la señora fue a buscar al pastor, aún se podían ver las huellas de la presión en su cuello.

El pastor accedió a visitar la casa de la madre atribulada, solo le pidió la oportunidad de reunir a su grupo de oración, también le pidió que no entrara a la casa hasta que ellos llegaran; le recomendó que fuera a la comandancia de policía, con algo de suerte encontraría ahí a los tres policías del pueblo y tal vez accederían a acompañarla.

Al caer la noche el pastor llegó a la casa, acompañado de cuatro de los jóvenes del grupo de oración, los más preparados y que consideraba más listos para enfrentar aquello. Apenas llegaron al lugar, desde el interior salieron gritos y voces, como si varias personas estuvieran ahí, pero solo estaba aquel joven. Las voces proferían todo tipo de maldiciones e insultos dirigidos al pastor, aun cuando ni siquiera había tocado la puerta. Parecía como si supieran quién estaba afuera.

Un momento después llegó la madre, acompañada de dos de los policías. Abrieron la puerta y lo que vieron fue aterrador: el joven semidesnudo se había golpeado contra los muebles y las paredes, había un olor horrible en el ambiente y aquella cosa gritaba y gemía mientras arrojaba espuma por la boca. Está de más decir que los valerosos policías salieron corriendo.

El pastor oró en voz alta, reprendiendo al demonio y clamando al cielo por la presencia del Señor. La oración se prolongó por mucho tiempo, al menos tres horas de oraciones y cantos. Desde el primer momento, aquel joven comenzó a ceder, parecía que las oraciones tenían éxito y que el chico no ofrecería ninguna resistencia. A diferencia de otras liberaciones en las que se agitan, blasfeman y agreden, el chico estaba calmado, pero no era aún libre. Sin embargo, el pastor estaba demasiado cansado y sus auxiliares también. Decidieron dejar aquello por el momento, pues el chico dormía tranquilamente y podrían continuar al día siguiente.

Temprano a la mañana del día siguiente, llamaron al pastor para que atendiera un asunto urgente en la comunidad vecina, una persona enferma deseaba recibir la oración y aceptar a Cristo. El ministro consideró que había tiempo para todo y marchó deprisa al otro poblado, que se encontraba apenas a un cuarto de hora de camino a pie. Mientras se alejaba de la comunidad, las cosas se desquiciaron en la casa del muchacho poseído. Como si el mal supiera que el pastor se había alejado, el chico comenzó a agredir a su madre, a vociferar horriblemente y a destruir todo a su paso; amenazaba con quitarse la vida con un cuchillo que ponía contra su cuello. Un vecino llegó corriendo a la congregación, pero el único miembro de la iglesia en ese momento era uno de los chicos del grupo de oración que había estado la noche anterior en aquella casa.

El joven se sintió fuerte en su fe y, como había visto lo que el pastor había hecho el día anterior, se apresuró a la casa para comenzar las oraciones de liberación. Poco después llegaron otros miembros del grupo y lo encontraron ahí, de rodillas y con las manos en alto, pero no parecía estar bien: no respondía y sus ojos estaban totalmente dilatados. El endemoniado estaba en el piso, dormido y tranquilo. Los demás jóvenes siguieron orando junto al otro hermano de la congregación hasta que llegó el pastor y continuó sus plegarias hasta el atardecer. El muchacho de la iglesia ya había vuelto en sí y estaba contento de haber podido ayudar. Todos fueron a casa a descansar, el endemoniado se veía tranquilo y en paz.

A la medianoche alguien llegó gritando a la casa del pastor, pidiéndole que fuera enseguida a la casa de aquel joven entusiasta que era miembro de la congregación, pues algo malo estaba pasando. Tenía razón, apenas al llegar a la casa de aquel chico, el pastor encontró a la madre llorando y al padre desesperado. Su hijo había llegado a casa después del incidente en la casa del endemoniado, entró a su cuarto sin decir palabra. Cuando la madre fue a buscarlo para que cenara, lo encontró colgando de una viga del techo; se había ahorcado con una cuerda. El pastor guardó un momento de silencio y sus ojos se llenaron de lágrimas mientras hablaba.

—El chico no estaba listo, no estaba preparado para enfrentar aquello. Ahí había un demonio de muerte que lo tomó y lo llevó a quitarse la vida.

No pudimos sino sentir la misma tristeza, pero al mismo tiempo entendimos el motivo de que el pastor estuviera ahí con nosotros: nos estaba avisando, dando un mensaje claro y contundente de que si se habla del demonio, si se le menciona, él escucha y, créame, nadie quiere tenerlo cerca.

Aquella noche aprendimos que nuestro trabajo en la radio implicaba un riesgo espiritual; esto no era un juego. No solo se trataba de causar impacto y ganar audiencia, nuestra voz serviría para llevar el mensaje del bien, pero también podría servir para llamar al maligno. Como expresa la poderosa frase que se atribuye al poeta Charles Baudelaire: «El mayor truco del demonio es hacernos creer que no existe».

En ciertos círculos carismáticos se cree que pronunciar varias veces el nombre de un demonio es invocarlo y darle permiso sobre la persona. También se cree que los demonios no pueden atacar a las personas ni afectarlas sin su previo permiso. De ahí la frase: «No abras puertas que no puedas cerrar».

¿MALEFICIO O BANDERA FALSA?

Mismos años del relato anterior, alrededor de 2006, el programa de radio tenía una muy grata respuesta de la audiencia. Los martes y jueves dedicábamos un espacio para compartir los relatos de radioescuchas al aire, ya fuera por medio de mensaje, carta o directamente compartiendo la llamada telefónica. Aquella vez fue la primera en la que realmente sentiríamos algo extraño; no puedo asegurar que hubiera algo sobrenatural en aquella llamada, pero hubo algo que nos produjo temor esa noche, quizá la voz de la protagonista, el tema, los sucesos descritos o un misterioso fenómeno al final de la llamada.

Debió ser un jueves, habitualmente hacíamos una pequeña presentación y dábamos paso a los relatos que teníamos preparados, pero esa noche apenas habíamos comenzado cuando sonó el teléfono. Nuestra asistente de producción, en aquellos años, una chica llamada Verónica, tomó el auricular y unos segundos después me hizo la señal de llamada al aire. Asentí con la mano y di entrada a la llamada.

—Buenas noches, está usted al aire. ¿Con quién tenemos el gusto de hablar?

—Buenas noches, soy la señora Alba (el nombre real se ha cambiado) y quisiera relatarle lo que me ha pasado.

—Adelante, bienvenida, la escuchamos.

Alba comenzó a describirnos su situación, era originaria de la ciudad de Puebla, donde había pasado toda su vida. Su familia no tenía grandes recursos y muy pronto en su vida, quizá desde los 11 años, había tenido que trabajar para ayudar al sustento de la familia. Su padre era un hombre alcohólico, irresponsable y violento; ella tuvo una infancia terrible y dolorosa. Al paso de los años pudo concluir algunos estudios escolares y al mismo tiempo seguir ayudando al sustento económico de la familia.

A sus 20 años, conoció a un caballero de buen ver y de buenos modales, un hombre que se presentó en casa y comenzó a cortejarla. Para ella todo eso era incómodo, no quería compromiso, soñaba con tener su propia vida, su propio negocio y no depender de nadie; con el paso de los años había desarrollado una gran habilidad para las ventas y ciertamente no necesitaba de nadie para salir adelante. Pero en casa pensaban diferente, el hecho de que hubiera un hombre en la familia se veía como algo beneficioso, y poco a poco la presión familiar la llevó a aceptar un matrimonio que, ya de inicio, no se basaba en el afecto.

La vida juntos comenzó en una pequeña casa que los padres de Alba le dejaron. Entonces la vida entre ambos no era desagradable; él trabajaba y llevaba dinero a casa, ella reconoce que comenzó a sentir afecto por su esposo hasta el punto en el que ir a la cama en tono de romance se volvió algo deseable. Así llegó el primer hijo. Muy pronto, el segundo, y así sucesivamente y de forma muy rápida hasta el quinto. En total procrearon tres varones y dos niñas. Los gastos se acumularon y Alba decidió abrir un comercio en el patio de su casa. Al paso del tiempo había ahorrado y reunido suficiente dinero para construir un espacio adecuado para instalar un comercio de barrio, una tiendita o como se les conoce en México una «miscelánea».

Como buena ama de casa y empresaria, sabía bien lo que las personas necesitaban en el día a día. Procuraba siempre tener lo necesario para que la clientela no tuviera que irse a comprar a otra parte; desarrolló sus propias estrategias comerciales por medio de tandas y créditos a personas de confianza y su tiendita fue creciendo. Todo parecía ir muy bien, casi demasiado bien. Pero en lo interno, la relación con el marido se había enfriado; ella no quería más hijos, pero él seguía insistiendo, así que la relación casi deseable que tenían se fue dañando y el sujeto comenzó a trasnochar.

Alba se dio cuenta al principio del aliento a alcohol; luego, de la clara y notoria embriaguez. El marido comenzó a faltar a casa y además dejó de aportar dinero. Ciertamente el negocio de Alba y de sus hijos, que le ayudaban todo el tiempo, era más que suficiente para el sostén del hogar, pero las ausencias y las llegadas de madrugada con olor a sexo y alcohol le fueron haciendo daño; Alba ya no lo quería en casa. No quería el mal ejemplo frente a sus hijos e hijas.

Hasta aquí, el relato de la señora Alba nos parecía un relato triste, propio de muchos hogares mexicanos, pero no parecía tener ninguna relación con el tema del canal, que se centraba en lo paranormal. Sin embargo, esta idea se desvanecería pronto y Alba nos daría una muestra extraña de nuestro tema.

Aquella mujer siguió relatando con una voz cansada, por momentos avejentada y por momentos angustiada, extraña y rítmica, casi como hipnótica. No había manera de hacer un comentario ni preguntar algo, solo escuchar. Y así, por algunos minutos, narró la decadencia de su esposo, cómo se fue perdiendo en el vicio y cómo comenzaron a darse cuenta de que había otra mujer con él que lo tenía totalmente obnubilado y como ausente.

Según su relato, una mañana llegó el esposo visiblemente enojado, exigiendo su parte del negocio, quería dinero y lo quería ya. Alba dudó de lo que estaba hablando, pues el negocio lo atendían ella y sus hijos, ¿cuál era su parte? Además, hacía meses que no llevaba un centavo a la casa. Iracundo, amenazó con golpearla delante de los chicos. El mayor, de unos 14 años, intervino para defender a la madre y un pariente que estaba de visita salió también a interponerse. La discusión siguió por varios minutos hasta que aquel sujeto se marchó.

Unos días después apareció una mujer en la tienda, sumamente maquillada y con ropa provocativa, pero de mucha edad, exigiendo que le entregaran el dinero que pertenecía a su hombre, refiriéndose al marido de Alba. Si no lo hacían se arrepentirían.

Afortunadamente, Alba era una persona inteligente. Tenía la propiedad y los bienes a su nombre, también la cuenta del banco, y todo lo había hecho con cuidado, pues había oído muchas historias como la suya. De hecho, tenía la sensación de que tarde o temprano esto pasaría, así que el marido por más que quiso no pudo hacer nada legalmente, salvo solicitar el divorcio. Alba estaba decidida a hacerlo, pero no dejaría que tomara ni un centavo del dinero destinado a la educación y al sustento de sus hijas e hijos.

Pero antes de que se terminara el asunto, pasó algo raro: en la puerta del negocio amaneció un montón de tierra negra, hedionda y con una apariencia grotesca. Alba sintió asco por aquello y rápidamente fue por una escoba, lo barrió y lo arrojó a un terreno baldío cercano. Luego lavó con agua y jabón antes de abrir su negocio.

A partir de ese momento las cosas comenzaron a ponerse raras en su vida; por una parte, el negocio como por arte de magia (literalmente) comenzó a decaer, sin que hubiera otra tienda cercana. De pronto las personas dejaron de comprar; pero además comenzaron a pasar cosas desagradables; por ejemplo, los vegetales y los lácteos se arruinaban casi al llegar; aun con el refrigerador grande trabajando bien, no duraban ni siquiera el mismo día. También comenzaron a pasar otras cosas, repentinamente comenzaron a salir muchos gusanos, muchísimos, eran pequeños y oscuros, y al pisarlos, olía horrible, pero eran tantos que de nada servía barrer, enseguida aparecían más. Alba probó regar con cloro, lavar con creolina y con todos los remedios que pudo, pero aquello volvía a aparecer. Además la casa comenzó a llenarse de moscas. No se podía comer, puesto que las moscas parecían tratar de meterse a la boca. Esto se fue sumando a los olores; por todos lados de repente olía mal, como a drenaje, y luego el hedor desaparecía.

En muchos casos de afectación por hechicería se reporta la presencia de moscas abundantes. Se cree que esto tiene que ver con haber convocado a Belcebú, un poderoso demonio que, según la demonología cristiana, ocupa uno de los siete principados del infierno y es conocido como el señor de las moscas, puesto que su presencia va acompañada por millones de ellas y se le invoca para trabajos satánicos y alta hechicería.

La voz de Alba se aceleraba por momentos y se oía cada vez más afectada, sobre todo cuando contó que, por las tardes, veía a la mujer aquella pasar frente a su negocio sonriendo y mirándola, retadora, sonriente, poderosa. Además de esto, sus hijos comenzaron a actuar extraño, a ser más agresivos entre ellos, a pelear y gritar todo el tiempo. La hija mayor, de unos 12 años, comenzó a maquillarse con los cosméticos de su madre y a actuar de una forma alarmante. El primogénito, que ya tendría unos 16 años, comenzó a robar cosas de la tienda y a comprar alcohol. Alba se preguntaba qué había pasado con su mundo, ¿qué lo había trastocado de esa manera?

Pero lo peor aún no ocurría. Al paso de las semanas, comenzó a sentir como si un hombre entrara a su habitación, le arrancara las cobijas y las sábanas, y abusara sexualmente de ella. No era un sueño erótico, era algo doloroso, aterrador y en extremo desagradable; mientras ocurría, no podía moverse y llena de miedo solo podía pensar en que esto no les pasara también a sus hijas, porque estaba segura de que no era un sueño sino algo real. Paralelamente, todos en la casa comentaron ver sombras que se movían, venían de la tienda y entraban a la casa, sobre todo al caer la noche.

Luego de varios meses el negocio ya no era rentable, así que Alba decidió cerrarlo, buscaría un trabajo en alguna parte para sostener a su familia antes de que los ahorros se terminaran. Al platicar esto con una tía muy querida (a la que reconocía más como madre que a su propia madre), ella le recomendó buscar ayuda, acudir con un cura y solicitar una bendición. Lo que contaba Alba resultaba perturbador para todos, por lo que la tía se ofreció a llevarla con el sacerdote de la colonia, su amigo personal y pariente lejano.

El fin de semana visitaron al cura, un religioso entrado en años, no muy amable pero sí cordial. Tras escuchar la situación, aceptó asistir y bendecir el lugar. Pidió que la familia se confesara, ayunara y preparara el lugar, que estuviera limpio y ordenado, que no hubiera ninguna imagen que no fuera religiosa y que comparan un cirio. También solicitó que todos estuvieran bautizados y hubieran hecho la primera comunión; como la familia cumplía con esto, procedería el viernes de la semana siguiente.

Ese día, a las seis de la tarde en punto, encendieron el cirio bendecido. Todo se cumplió al pie de la letra, pero en cuanto el cura llegó, las cosas se pusieron raras: los olores desagradables volvieron y eran tan intensos que resultaba imposible hablar sin sentir asco; además había muchas moscas y algunos gusanos. El cura pensó que era una casa sucia y reprendió a Alba, pues le había pedido que limpiara el lugar para poder bendecirlo. Ella le explicó que ese era precisamente el problema. Así que el sacerdote continuó con el antiguo ritual de liberación de casas, el exorcismo menor.

Durante la oración que aquel cura realizó, no ocurrió nada extraordinario y poco a poco el mal olor desapareció; casi no había moscas y todos pensaron que había sido una liberación exitosa. El sacerdote salió de casa no sin antes cobrar sus emolumentos y pedir que no creyeran en todo lo que les decían las vecinas. Esa noche fue una locura, se soltaron todos los demonios; Alba y sus hijos vieron sombras toda la noche y cómo se movían los muebles, oyeron voces y cómo se azotaban las puertas. Terminaron temblando de miedo en una habitación, mientras veían por la parte de abajo de la puerta cómo una figura caminaba dando vueltas, pero ahí no había nadie. Al mismo tiempo, los olores iban y venían.

Alba hizo una breve pausa durante la cual nos pareció a todos en la cabina que se había escuchado una voz de hombre, como si estuviera cerca del auricular del teléfono de Alba y le estuviera diciendo algo. Tuve que intervenir por primera vez en mucho rato:

—Señora Alba, la persona que está con usted puede participar y aportar al relato, me refiero al caballero que le habla, nos gustaría saber qué está contando.

—Estoy sola, señor José Ramón, no hay nadie conmigo.

Quizá nos habíamos equivocado o quizá mentía. Tal vez solo quería contarnos una larga historia ficticia producto de su imaginación o quizá nos estaban jugando una broma; no sería la primera vez que cortáramos la llamada de un bromista. Pero aquella mujer siguió narrando cómo la visita del cura provocó muchos problemas, hasta el punto de que tuvieron que acudir con una curandera. Alba no mencionó el lugar, solo que se trataba de una mujer muy conocida por su trabajo como curandera. Aquella mujer le dijo que la trataban de dañar, una venganza por envidia; su marido tenía una nueva mujer que quería quedarse con la casa y los bienes, y, al no poder hacer nada legalmente, lo haría por la mala. En conclusión, le habían hecho magia negra. La curandera no podría ayudarla, solo podría orientarla diciéndole con quién acudir.

Alba nos relató en aquel momento cómo su vida se desmoronaba cada día, cómo todo iba mal, aun cuando tenía ya un trabajo bien pagado, no podía levantar cabeza; sus hijos eran un desastre; encima, sufría de las amenazas del marido y de la visita constante de la mujer aquella, aunado a los olores, los ruidos y las sombras que la atormentaban. Comenzó a llorar mientras hablaba. No tuve alternativa sino hablar al micrófono y dirigir la conversación.

—Alba, ¿acudió usted con alguna otra persona a que le ayudara? ¿Ya pudo salir de este problema?

—Sí, acudí, pero no sirvió de nada, aquel curandero o brujo no pudo hacer nada.

—¿Buscó ayuda en otro lugar?

—Sí, varias veces, todo el tiempo, pero no hubo quién me ayudara.

—¿Sigue estando el problema presente?

—Sí, seguimos teniendo el problema, solo que mi exesposo murió hace tres meses y ahora no puedo dejar de soñarlo.

Súbitamente la voz de Alba se empezó a entrecortar hasta que dejó de oírse.

—Alba, Alba, ¿sigue usted con nosotros?

Pero en ese momento ocurrió algo extraño; de pronto, se escuchó en los audífonos de cabina y en los monitores una voz masculina, gruesa, extraña y metálica; no se podía entender lo que decía. Lo único que pensé fue pedir a Verónica que cortara la llamada, algo no estaba bien con esto.

—La llamada ya está cortada, la voz se oye a través del micrófono de cabina —respondió Verónica.

Fotografía tomada en la cabina de transmisión en 2015.

Nos quedamos asombrados y con un extraño sentimiento de miedo. En ese momento pedí ir a corte comercial y poner pista musical. El operador de audio, Verónica y yo, salimos un momento a tomar un trago de café y tratar de que aquello se fuera. Tres padresnuestros y algunas avemarías después, el programa continuó, pero en segundos, varias llamadas del auditorio preguntaban sobre la extraña voz masculina que se había escuchado.

No tuvimos forma de saber qué fue de Alba y de su historia; no sabemos si era algo real o un relato fantástico, pero más que eso nos preocupaba algo diferente. ¿Y si la llamada era una bandera falsa? ¿Si nos estaba tratando de involucrar en algo para lo que no estábamos preparados? Por fortuna, en mi caso, siempre he creído estar protegido. En cierto momento un hombre santo visitó el lugar e hizo oración para nosotros, y a su salida no pudo evitar decirme:

—No tengas miedo, te protege un ángel grande y siempre te acompaña, lo vi desde que entré. Y tú lo conoces, se parece a ti y viste un chaleco de rombos, usa lentes y corbata.

Mi padre había muerto tiempo atrás, justo antes de iniciar el programa de radio. Siempre he creído que esa noche él nos acompañó y nos protegió de aquello, fuera lo que fuera.

Muchas personas creen que los trabajos de brujería se hacen con tierra de cementerio, pero en realidad se realizan con la tierra del fondo de la tumba cuando se saca un ataúd; el suelo por debajo recibe los líquidos de la descomposición y, según se cree, a partir de esto se puede atrapar el muerto y enviarlo mediante hechicería. Este material suele ir mezclado con restos de madera o astillas de madera y tiene un olor desagradable.

El antiguo exorcismo menor de León XIII es una oración que se ha utilizado desde finales del siglo XIX para liberar casas de presencias oscuras. Hoy en día no se permite la libre utilización del rito para personas laicas, ya que implica reprender y dirigirse directamente al demonio, y, si no se tiene la preparación, el exorcista improvisado se convierte en víctima.

EL MENSAJE QUE BORRAMOS

La llegada a plataformas digitales (YouTube) nos abrió un universo de relatos, tradiciones y leyendas de lugares diversos y distantes. Si bien no tendríamos el contacto cercano de una visita en cabina o de una llamada telefónica de parte del propio testigo de un acontecimiento paranormal, sí tuvimos la posibilidad de conocer todo tipo de experiencias extrañas y fenómenos de los que nunca habíamos oído. Las personas comenzaron a contactarnos mediante correos electrónicos y mensajes en redes sociales. Recibíamos desde una felicitación por el trabajo o una solicitud de saludos para alguna persona (que en un principio incluíamos en el programa para la audiencia), hasta la narración de algún acontecimiento de carácter paranormal o la sugerencia de algún tema a tratar.

En un día de trabajo habitual recibíamos más de veinte correos electrónicos, muchos de ellos relatando experiencias personales o cercanas acerca de fantasmas o sucesos inexplicables. Los organizábamos en un programa mensual de relatos del auditorio, donde compartíamos los que nos habían impresionado más y que creíamos que interesarían a nuestros seguidores de distintas partes del mundo. Los videos más exitosos fueron los que contenían este tipo de relatos. Después comenzamos a recibir correos con mensajes de audio, grabaciones que las personas hacían de propia voz narrando sus vivencias. Esto era algo diferente y aportaba riqueza a los videos. Así que los escuchábamos con cuidado, retirábamos algunos segmentos que contuvieran datos personales o privados y eliminábamos ruidos u otros detalles que no permitieran disfrutar el relato.

En mayo de 2021 recibimos por mail un relato grabado de viva voz de la protagonista. Hablaba de una experiencia relacionada con satanismo. Recuerdo algunos detalles, pero no conservamos la grabación; más adelante sabrá por qué decidimos eliminarla.

La historia de la chica comenzó en 1992, en alguna zona de la Ciudad de México. En el momento de los acontecimientos la joven tenía 19 años y recién había ingresado a la carrera de Antropología en la Universidad Nacional Autónoma de México, pues le interesaban las culturas antiguas, sus creencias, ritos, prácticas y religiones. Era una persona de mente abierta y, según nos narraba, no era practicante de ninguna religión en particular, aun cuando su familia había sido originalmente católica y luego había cambiado de creencias, algunas evangélicas, otras hindúes. En la escuela había conocido a un joven también interesado en las antiguas creencias mexicanas. De aquel mutuo interés surgiría un noviazgo. Ambos eran jóvenes y tenían el mundo por delante para experimentar cualquier tipo de locura, y lo hicieron, desde irse a probar hongos alucinógenos a Oaxaca hasta viajar para ver rituales en el norte de México. La familia de la chica no tenía problema en dejarla viajar con su novio a vivir aventuras de interés antropológico y aplaudían su interés por el conocimiento. Los novios parecían hechos el uno para el otro, y quizá por eso cuando el chico la invitó a participar en su culto ella no lo pensó realmente, estaba ávida de conocimiento y experiencias nuevas.

La iglesia estaba en un edificio viejo y deteriorado por el rumbo de la Basílica de Guadalupe. La parte baja del edificio seguramente había sido una bodega o una pequeña nave industrial, pues aún había grandes ventiladores en la parte alta de los muros. Además, tenía algunas sillas de lámina acomodadas para formar un círculo amplio y sus ventanas ubicadas a gran altura estaban pintadas de negro para bloquear la luz solar. Ella asistió a una ceremonia durante el día, por lo que se podían observar los detalles del lugar. Se suponía que el rito comenzaría a las 11 de la mañana, así que su novio y ella llegaron un poco antes de la hora.

En su grabación, la chica relataba que al entrar al lugar percibió un penetrante olor a orines; pero no era el único, había otros olores que le eran familiares: tabaco, alcohol, copal y el olor fuerte a hierba quemada, no marihuana, pero sí algún tipo de hierba con aroma intenso. Uno de esos olores no era fácilmente reconocible, era un olor acre y un tanto pútrido. Al fondo y siguiendo la distribución que tendría cualquier iglesia, había una mesa grande, pegada contra la pared del fondo, formada con troncos gruesos como patas y una cubierta de algún material pétreo áspero; no era mármol, sino una roca. Alrededor de esta había ramas de diferentes grosores y tamaños, muchísimas velas de distintos colores, todas encendidas, y a los lados, sobre pequeñas mesas, unas treinta figuras de santos que no le eran conocidos, con rostros amenazantes y vestimentas inusuales.

Como una persona que había estudiado temas relacionados con diferentes religiones, no le fue difícil identificar aquello como alguna suerte de rito afroantillano, quizá santería. Pero cuando quiso comentarlo con su novio, él se limitó a hacerle una señal de que guardara silencio. Los minutos fueron pasando y, curiosamente, no llegaba nadie más a la ceremonia, solo eran ellos dos. Pasó una hora y seguían ahí sentados en silencio. Se sentía incómoda y tenía muchas dudas, pero cada vez que ella intentaba comentar o preguntar algo, su novio repetía la señal de permanecer en silencio. Nuestra seguidora comenzó a sentirse bastante molesta, pero además mareada, le faltaba el aire y se le nublaba la vista. Pensó que tal vez los olores fuertes que reinaban en aquella bodega la estaban intoxicando y creyó que se desmayaría; entonces decidió que era el momento de salir de aquel lugar, aun cuando su querido novio no estuviera de acuerdo.

Caminó hasta la puerta de acceso, un portón metálico similar al de cualquier taller, giró la chapa y la puerta se abrió sin ningún esfuerzo; miró hacia atrás para ver si la seguía su novio, pero no lo vio, así que decidió salir por su cuenta. Afuera había caído la noche, sin que ella lo notara habían transcurrido al menos ocho horas en las que había permanecido sentada y sin hablar en aquel lugar. Tenía un terrible dolor de cabeza y un mareo difícil de soportar. No había teléfonos celulares en esa época, así que la única opción fue caminar buscando un teléfono público para llamar a casa y pedir ayuda, porque cada vez se sentía peor. Finalmente, hizo acopio de fuerza y tomó un taxi que la llevó hasta la casa de sus padres. Para su fortuna, el chofer era un hombre mayor muy decente, así que, aun cuando seguramente en el camino se desmayó, aquel hombre cumplió con llevarla sin aprovecharse de la situación.

—Se le ve mal, señorita, ¿no desea que la lleve a un doctor? —fue lo único que comentó.

En cuanto llegaron a su casa, como pudo le pagó el servicio, entró, caminó hasta su cama y cayó profundamente dormida, sin saber la hora o si alguien de su familia la había visto llegar. Pero el sueño no sería reparador, estaba lejos de serlo. Tuvo una pesadilla terrible, llena de imágenes inquietantes, de personas vestidas de blanco cantando y haciendo algún tipo de ritual; también estaba su novio, que la sujetaba por la espalda y entonaba aquellos himnos horribles. El sueño se desarrollaba dentro de aquella extraña iglesia y ciertamente no estaba vacía, sino llena de personas, hombres y mujeres que hablaban y repetían palabras que ella nunca había oído.

Despertó cerca de las tres de la mañana, muy descompuesta, con un sabor extraño en la boca y con una molesta sensación en el cuerpo, se podría decir que era algo pegajoso. Entró al baño y al quitarse la ropa se dio cuenta de que tenía manchas negras por todas partes, como si la hubieran pintado estando desnuda. Al ponerse la ropa otra vez, las letras o símbolos se desdibujaban y quedaban solo manchas. También tenía manchas rojas, pegajosas y de una sustancia espesa y maloliente. En ese momento, además de la sensación de asco, tuvo miedo; el hecho de haber perdido la noción del tiempo y de no saber con certeza lo que había ocurrido a su alrededor la aterró. Entró a la regadera a bañarse y a tratar de enjuagarse aquel sabor horrible de la boca.

Cuando salió de la ducha, apareció su mamá, sorprendida de verla. La habían estado buscando mucho rato, habían llamado por teléfono a todas sus amigas y al servicio de localización (Locatel); su papá había ido a ver si la encontraba en las calles cerca de la casa del novio. ¿Cómo había entrado a su casa sin que alguien de la familia se diera cuenta? Era raro, porque toda la familia había estado en la sala esa tarde y solo se podía pasar a las habitaciones atravesándola. Todo era tan inexplicable que ella misma prefirió dejarlo así, no hablarlo, solo dijo que necesitaba dormir y lo hizo.

A las siete de la mañana se levantó con la intención de ir a la universidad, aunque se sentía como si hubiera tomado alcohol toda la noche, pero estaba tan descompuesta que no pudo asistir ese día ni el siguiente. Sus compañeras y amigas la llamaron por teléfono, preocupadas al no verla llegar a clases, pero el novio no apareció por ningún lado, tampoco había ido a la universidad y los amigos en común no sabían nada de él.

Su novio estaba desaparecido, pero los sueños horribles continuaron. Apenas cerraba los ojos, venían a ella imágenes que le provocaban miedo, personas a su alrededor tocándola, gritando, escupiendo y haciendo alguna suerte de ritual. Ella no recordaba nada de eso, pero sentía que había sido real, tan real que le daba miedo.

Al escuchar esta parte, la del miedo, las dos personas que estábamos escuchando la grabación sentimos incomodidad, no podría decir que fuera temor, solo un sentimiento desagradable de cansancio y dolor de cabeza. Esto era algo inusual, el espacio de trabajo, nuestro estudio, es un lugar fresco y ventilado, pero parecía como si estuviéramos en un sitio cerrado y con poca circulación de aire. Tuvimos que suspender aquello e ir a tomar un café y charlar un rato; sin embargo, no pensamos que aquellas sensaciones tuvieran nada que ver con el relato, así que un rato después, regresamos para escucharlo de nuevo y tomar notas. Siendo realistas, la forma de narrar no era agradable, además la grabación estaba llena de ruidos ajenos a la narración que no podíamos identificar, por eso no pudimos utilizarla directamente y tendríamos que transcribirla y narrarla.

La chica siguió contando su experiencia: las pesadillas y el sabor desagradable de boca no se iban, cada vez se volvían más intensos. Y por si faltara algo, comenzó a percibir que su habitación apestaba a aquella sustancia de olor acre, como si su ropa se hubiera impregnado de ella; por supuesto que la había lavado y secado, la volvió a lavar y, finalmente, terminó tirándola a la basura. Pero el hedor no se iba y, de pronto, cayó en cuenta de que ella misma olía así; sus compañeras le confesaron que olía muy mal y supusieron que estaba metida en drogas o algo similar, pero no era así.

Era difícil llevar la cuenta de cuántos días pasaron; la narración no era especialmente rica en detalles, solo repetía el tema de los olores y los sabores. De nuevo tuvimos que detener la escucha de la grabación porque comenzamos a percibir un olor desagradable, un tanto similar al azufre, picante y áspero. Decidimos suspender por ese día y retomar después, sabemos que a veces escuchar un testimonio puede sugestionar a la persona más centrada...

La grabación quedó ahí y pasarían días antes de que la retomáramos; como mencionaba antes, suelen llegar muchos correos y aquel no era de los más atractivos para nosotros; no solemos hablar de sectas ni de creencias que estén activas, es una forma básica de respeto, pero también por seguridad. Por lo que habíamos escuchado hasta entonces, aquello podría bien ser una secta activa o estar relacionada con las prácticas de Palo Mayombe. En los noventa, en México hubo mucho revuelo por los llamados «narcosatánicos», miembros de la mafia que tenían prácticas relacionadas a la umbanda y al Palo Mayombe, y ese no era un tema que quisiéramos tratar.

Semanas después hicimos un especial de casos de brujería para el mes de junio y, buscando entre los correos, nos volvimos a encontrar aquella grabación, así que le dimos una segunda oportunidad y volvimos a escucharla. Al principio no pasó nada raro, pero cuando llegamos al punto en que nos habíamos quedado, la protagonista comenzó a describir una serie de sueños o visiones en los que una serie de presencias la agredían. Lo descrito no era apto para transmitirse por YouTube, pues hablaba de agresiones de carácter sexual por parte de una entidad conocida como íncubo, un demonio sexual antiguo. La chica describía cómo después de cada una de aquellas agresiones su salud mermaba, su rostro se envejecía y había comenzado a perder una gran cantidad de cabello. Sus compañeras de la universidad, preocupadas, la visitaban en su casa, ya que la chica había dejado de asistir a clases, porque no tenía la fuerza, pero tampoco la intención de narrar a sus amigas lo ocurrido. Lo único que acertaba a preguntarles cada vez que las veía era si habían visto a su novio. La respuesta era la misma, nadie tenía noticias de él.

La grabación continuó describiendo más sueños y más ataques aterradores; narró la intervención de un sacerdote católico que optó por no ayudarla al considerar que lo que tenía era un trastorno mental y no una posesión demoniaca. También habló de la intervención sin éxito de médicos, psiquiatras y neurólogos; todos le habían recetado tranquilizantes y medicamentos muy fuertes que la tenían sedada todo el tiempo, pero que no lograban terminar con las pesadillas. De nueva cuenta, al escuchar aquello, volvimos a experimentar la sensación de cansancio y hasta la vaga percepción de olores repulsivos, pero lo peor vendría momentos después. La chica continuó relatando su paso por consultorios de todo tipo y su llegada a una iglesia evangélica de alguna denominación, donde la recibieron dispuestos a ayudarla. En ese tiempo se enteró de que su novio había muerto, se había suicidado poco después de aquella visita a la supuesta iglesia. Al llegar a este punto se le cortó la voz y detuvo la grabación. Cuando la retomó describió la sesión de liberación y cómo, en medio de alabanzas y oraciones, se manifestaron los demonios que habitaban dentro de ella, y empezó a nombrar a cada uno de ellos.

Tuvimos que pausar la reproducción de la grabación, pues el ambiente se sentía caliente, había un olor extraño y por un momento verdaderamente se sintió como si algo hubiera entrado al estudio. Justo entonces, escuchamos con claridad tres golpes fuertes en la pared del estudio, la cual no tiene colindancia con ninguna habitación ocupada. Detuvimos de forma definitiva la escucha de este testimonio y borramos el correo. De nuevo, y no por última vez, aquello parecía una bandera falsa, una historia que nos iba encaminando a abrir una puerta que no deseábamos abrir y que, peor aún, no sabríamos cerrar. Durante los días siguientes el estudio continuó con un extraño olor; no sabemos si fue sugestión o si en realidad había algo ahí, pero ¿para qué arriesgarnos?

Son creencias muy antiguas, pero que hemos encontrado en muchos relatos: se dice que el demonio toca a la puerta tres veces y que no se debe repetir el nombre de un demonio porque nombrarlo equivale a llamarlo.

Richard Gallagher, psiquiatra estadounidense y exorcista, vivió una experiencia aterradora en uno de sus casos, el de una mujer a la que llamó Julia. Se trató de un caso de posesión que, según él narró, en realidad era una bandera falsa; es decir, un intento por poseer a Gallagher. Por fortuna, él pudo detectar esa estrategia demoniaca a tiempo.

EL CHARRO NEGRO Y EL TESORO

Déjeme que lo lleve a Puebla capital, una ciudad muy antigua, fundada en 1531 y concebida como la ciudad para los españoles que llegaban a América. La ciudad se convirtió en un polo de crecimiento y una zona urbana elegante y llena de grandes edificios. Todavía en la actualidad una buena parte del centro histórico conserva su esplendor, lleno de casonas y edificios palaciegos que pertenecían a familias acaudaladas. Por eso, en 1987, la Unesco declaró a la ciudad de Puebla Patrimonio Cultural de la Humanidad. También se convirtió en una zona industrial, con grandes empresas textiles y de todo tipo de géneros.

Asimismo, esta ciudad fue lugar de gestas nacionales. Tanto en la guerra de Independencia como en la Revolución mexicana, Puebla tuvo una presencia destacada; además, fue escenario de la famosa batalla del 5 de mayo, enfrentamiento en el que las tropas mexicanas vencieron al ejército francés que invadía el país. Posterior a la batalla, una serie de sucesos militares llevaron a que la ciudad estuviera sitiada y ocurrieran historias terribles, entre las cuales se contaban historias de canibalismo, robos y asesinatos.

Como puede usted notar, la historia de México está llena de este tipo de situaciones y, en muchos casos, la única opción que tenían las personas era esconder sus bienes, principalmente en forma de oro y plata, pero también en forma de pedrería y joyas. Y por supuesto, ocultaban estos tesoros.

En 2003, el programa de radio *Relatos del lado oscuro* solía tener una sección al aire en la que las personas del auditorio llamaban y compartían experiencias; era algo muy grato para todos, tanto para el equipo como para nuestros radioescuchas. De pronto se abría el micrófono y la persona relataba las experiencias que hubiera vivido. Ahí aprendimos muchísimo y pudimos conocer casos asombrosos; precisamente este que estoy por relatar fue compartido al aire.

Ese año, cuando apenas comenzaba el programa, tuvimos la oportunidad de escuchar la voz de una persona mayor. Era un hombre, con un hablar claro pero pausado, una persona que al menos tendría 80 años y que llevaba la vida entera en la ciudad de Puebla. Conocía bien cada rincón del centro y cada edificio; su abuelo había sido trabajador de la construcción a principios del siglo XX y su padre también se dedicó a lo mismo. De igual manera, él había heredado la tradición; trabajó en inmuebles históricos y además aprendió el arte de la restauración de edificios antiguos. Desafortunadamente no recuerdo su nombre, solo su historia, pero llamémosle don Rafael.

Don Rafa había comenzado a trabajar al lado de su padre apenas con 8 años de edad. Era más alto que otros niños y muy fuerte; así que pronto se convirtió en aprendiz, después en medio oficial, luego oficial de albañilería restaurador y, por último, capataz de obra. Era requerido con frecuencia, incluso para viajar a otros estados a dirigir obras de restauración, pero siempre volvía a su ciudad y a su familia. En los años setenta, ya siendo capataz, tuvo la oportunidad de trabajar en la remodelación de una casona antigua, con un patio central, un patio trasero, una entrada para carretas y una fuente. Todo aquello era bellísimo; sin embargo, la edificación como tal estaba muy comprometida; el paso del tiempo y el descuido (había sido usada como vecindad para personas de bajos recursos durante unos veinte años) habían dañado las bóvedas antiguas y una parte de los muros altos ya no eran recuperables. Había que sustituir todas las vigas, las de carrera y parte de los gruesos muros limosneros (recuerdo bien este término que se refería a las paredes hechas a partir de una mezcla de barro, rocas y tabique).

Siguiendo la tradición de su abuelo y de su padre, nunca iniciaba una obra sin pedir permiso a los dueños, pero no a los actuales, sino a los antiguos propietarios, a los que ya habían muerto. Se hacían oraciones, se pedía el permiso y se dejaba un altarcito con veladoras, para que se guiaran a la luz, si es que estaban por ahí todavía. Pero también sabía dos o tres cosas más… Lo primero es que, si se encontraban restos humanos, independientemente de avisar a las autoridades, se tenían que mandar a hacer misas por esa alma. Si nadie se llevaba los restos, entonces debían envolverse y colocarse en donde estaban, pero celebrando una misa y un pequeño funeral, con todos los trabajadores presentes, para que el alma encontrara descanso. Más de un arquitecto de finos modales creía que eso eran solo supersticiones y tonterías, pero para don Rafa era simplemente brindar respeto a la gente de antes. Otra cosa importante para él era no tomar nada del lugar; a veces, al excavar o derribar muros encontraban cosas, como utensilios prehispánicos, restos de cerámicas o pequeños ídolos, pero también objetos de otros periodos históricos, más contemporáneos, o restos de cosas que alguien había escondido ahí.

—Nunca es bueno tocar nada —decía don Rafa—. Eso en algún momento tuvo un dueño, y si no nos lo dio, entonces no es nuestro.

Los trabajos comenzaron sin mayor problema, se retiraron las vigas, las losas catalanas y luego parte de los muros que estaban dañados. En la sección de atrás, debían demoler también unas habitaciones que habían sido construidas recientemente. Esta tarea se le asignó al grupo de Ignacio, un albañil que habían contratado hacía poco tiempo. Los trabajos avanzaron con normalidad y pronto ya se podían notar los cambios; no obstante, un par de semanas después, Ignacio no regresó a trabajar; a media semana, un miércoles, no llegó, ni siquiera se presentó el sábado para recibir su parte de la raya (sueldo semanal); simplemente no regresó. Al revisar la parte de atrás, encontraron una zanja en el suelo, algo inusual, porque los trabajos no incluían excavar en esa zona. Los trabajadores que estaban con Ignacio no sabían para qué se había hecho esa perforación. Don Rafa se imaginó lo que había pasado, pero no quiso comentar nada, mandó tapar aquello de prisa y no se mencionó nada más.

Un trabajo como ese puede tomar más de un año. Poco a poco y con cuidado, aquello fue tomando forma y belleza de nuevo. Al paso de los meses y sin previo aviso, volvió Ignacio, o más bien lo que quedaba de él, pues ahora se veía delgado en extremo, con un tono de piel cobrizo acetrinado, el color de una persona enferma. Le faltaba cabello y parecía que tenía 80 años, cuando en realidad era un hombre de máximo 40 años, pero estaba acabado, la ropa le quedaba suelta y caminaba con dificultad.

Don Rafa lo invitó a entrar, le ofreció un vaso con agua dulce y le preguntó:

—¿A qué vienes, Ignacio? ¿En qué te puedo ayudar?

—Don Rafa, usted sabe mucho y seguro sabe qué fue lo que pasó.

—Encontraste algo, ¿verdad?

—Sí, pero no lo quiero, por favor déjeme venir y enterrarlo en donde estaba, ya no puedo más.

Ignacio relató lo que había pasado meses atrás; para él, el diablo lo había engañado. Una tarde antes de salir del trabajo, se había quedado solo revisando medidas. Los trabajadores de menor rango ya habían salido y no había nadie por ese lado de la construcción. Entonces lo vio, parado justo donde acababan de tirar algunas habitaciones: un hombre con sombrero grande. No se le podía ver la cara ni el color de piel, era algo así como una sombra que señalaba al suelo, como diciéndole: «Ahí está, ¿qué esperas? ¡Tómalo!».

Un instante después, aquella sombra había desaparecido. Ignacio pensó mucho si debía o no desenterrar el tesoro; si el propio muerto se lo había señalado, quería decir que se lo estaba dando. No pensó en otra cosa más que en lo que podría hacer si había algo de valor: comprar una casa, una camioneta, animales de corral… Como era de esperarse, esa noche no durmió nada, estuvo pensando hasta el amanecer en todo lo que podría conseguir con ese tesoro, cegado por la avaricia.

Al día siguiente, martes, casi no trabajó, solo pensaba en cómo sacar a los muchachos temprano para que no lo vieran desenterrar el tesoro. No le diría a nadie, se esperaría y lo sacaría. Se ingenió algo para mandar a los muchachos temprano a casa, les dio dinero para que se adelantaran a la cantina y compraran una botella, pero él se quedó. Una vez que estuvo solo, comenzó a excavar. Al principio no encontró nada y pensó que lo había soñado, pero un rato después, ya entrada la noche, encontró algo, una caja de madera muy gruesa, con cubierta de lámina de metal. Pero no era lo único: a un lado de aquella caja había otras, una de ellas era una caja metálica y también había una vasija de barro muy gruesa, no muy grande pero sí bastante pesada. Debajo de eso encontró unos huesos. Sintió miedo y entonces tapó el fondo con tierra y salió de ahí. Rápidamente consiguió un taxi que lo llevó hasta su casa.

Ahí, en su vivienda, solo y sin que nadie lo viera, abrió la caja más grande. Eran cosas muy bonitas: collares, pulseras y muchas monedas; todo parecía de oro, pues era muy brillante. La olla también tenía muchas cosas, como cubiertos de mesa y más joyas. Lo que le impresionó sobremanera fue que en la caja de lámina había ropa, ya muy vieja, pero todavía completa: un vestido de novia y ropa de bebé. Eso le dio un poco de temor, por lo que a la mañana siguiente quemó la ropa con leña. Escondió todas las demás cosas en un hueco en el corral de su casa.

Pensó en ir al día siguiente a la ciudad para preguntar dónde se podía cambiar lo que había desenterrado o cómo venderlo, creyendo que seguramente ya era muy rico. Se tumbó en la cama y comenzó a soñar; pero no como se imaginó, tuvo una pesadilla horrible en la que un hombre venía a reclamarle. Pudo verlo con claridad, con su sombrero, elegante pero furioso. Despertó bañado en sudor, solo para darse cuenta de que no solo era una pesadilla, sino que en su cuarto estaba aquella sombra. Salió corriendo y fue hacia la casa de su mamá. Ella despertó sobresaltada y al verlo supo que lo habían espantado. Sin más, se dispuso a curarlo de espanto con chiles, alcohol y cigarros, pero de nada sirvieron esos remedios; tampoco que a los dos días lo llevaran a frotar con hierbas y a hacerle una limpia con un viejo brujo que había por Cholula. De nada sirvió aquello porque el hombre del sombrero volvía cada noche, iracundo lo amenazaba y le reclamaba. Ignacio sentía mucho frío y solo soñaba cosas horribles y con personas muertas, en especial con una mujer y un niño pequeño, muertos.

Ilustración original de Ostos Sabugal para *Relatos del lado oscuro.*

Poco después comenzó a sentirse mal de salud, todo lo que comía le sabía mal. Si tomaba alcohol, se sentía morir; si tomaba agua, se sentía morir, y si no comía ni tomaba nada, de todos modos el charro fantasmal se aparecía frente a él. No importaba que hubiera más personas, solo él lo veía y oía. Cuando aquel ser le hablaba a Ignacio le dolía tanto la cabeza que parecía que se le iba a reventar.

Entonces fue a buscar un brujo muy poderoso en Tlaxcala que le dijo que se había equivocado, pues aquel muerto no le había regalado su dinero, sino que le había pedido que sacara los cuerpos y les diera sepultura, pero como no lo había hecho, ahora estaba tan enojado con él, que no lo iba a dejar hasta que se muriera.

Ignacio buscó a otro brujo, ahora en Veracruz, en la zona de San Andrés, pero le dio peores noticias. Ni siquiera lo dejó entrar a su casa, que porque el muerto andaba con él y si lo dejaba pasar, seguro le haría daño al brujo o a su familia; aquel charro era un espectro que buscaba vengarse.

Ignacio fue a la iglesia, pero nadie le creyó lo del tesoro. Cuando llevó unas monedas de oro para ver si así le creían, el cura se espantó mucho y ya no lo volvió a recibir. El charro negro fantasma seguía junto a él. Pronto, la esposa de Ignacio enfermó y se murió; ella no tenía nada, estaba bien, pero de pronto se fue poniendo flaquita, hasta que se murió; también se murieron sus animalitos: su vaca, sus cerdos, todos murieron.

Pero Ignacio seguía viendo a ese hombre que parecía una sombra. Enojado, le reclamó, le gritó, le suplicó, pero aquel ser no le contestó, solo se reía. Y cuando hablaba, Ignacio no entendía nada, pero sentía como si le explotara la cabeza. Le dolió mucho cuando se murió su muchacho; al igual que su esposa, se puso muy flaquito y se murió. Ignacio quiso quitarse la vida, colgarse de la viga del techo, pero aquel ser no lo dejó; cada vez que lo intentaba, la cuerda se soltaba y el charro negro se le aparecía riendo. Quiso darse un balazo, pero nunca encontró la mentada pistola, como si alguien se la escondiera en diferentes lugares. Quiso tomar veneno para ratas, pero no le pasó nada.

Don Rafa, el capataz, ya no quiso saber más, le dijo que, si quería, llevara el tesoro y él mismo le ayudaría a depositarlo en su lugar. Internamente don Rafa no creía que eso fuera a servir, porque Ignacio ya estaba muy mal, se le veía en los huesos, le olía muy mal la boca y tenía un color amarillento en los ojos, parecía un anciano.

Y don Rafa tenía razón, Ignacio no regresó. Unos días después se enteró de que había muerto ese mismo día que fue a verlo. Don Rafa no quiso hablar más del tema con nadie, pero le pidió a su amigo, el cura de San Andrés, que fuera a bendecir y a hacer una misa de ánimas, para que aquellos cuyos huesos estaban ahí se pudieran ir. Al terminar la obra, antes de salir de ahí, volvió a llamar a su amigo el cura, para que bendijera, y entonces le contó lo ocurrido y le pidió que hiciera una misa especial. Don Rafa no volvió a visitar esa casa, siempre le preocupó que Ignacio anduviera por ahí penando.

En temas paranormales, se aplica el término *tesoro* a cualquier objeto escondido. No se refiere solo a su valor monetario, sino a algo que tuvo importancia para que una persona lo escondiera. Las apariciones apegadas a tesoros llegan a ser muy longevas y a permanecer cerca del tesoro por muchos años. En general se cree que hallar un tesoro significa perjuicio para la persona; se dice que hay formas de pedirlo y agradecerlo, con el fin de que el dueño no afecte a quien lo encuentra. También se cree que, si un tesoro no es para alguien en particular, solo encontrará carbón.

Se le conoce como charro negro a una aparición similar al llamado hombre del sombrero. Ambas son apariciones reportadas en diversos lugares del mundo que se caracterizan por un alto nivel de agresividad hacia las personas; pueden causar desde lesiones físicas hasta enfermedades, desgaste y dolor, pero, sobre todo, son muy persistentes y finalmente llevan a las personas a la muerte.

III
LOS RELATOS QUE NOS SORPRENDIERON

EL AMIGO IMAGINARIO DE GIOVANNI

En 2021 recibimos un correo que nos llamó la atención, no solo a mí como conductor del canal sino al equipo de producción, que pudo escuchar la historia. En parte, la sorpresa era porque nos escribía una persona desde Nápoles, Italia. No tenemos idea de cómo llegó a nuestro canal, pero su correo narraba la aparición de una mezcla entre fantasma de niños y un caso de fantasma *testificador*. Era una historia tremendamente interesante.

El término *testificador* no es aceptado por la Real Academia de la Lengua Española, pero es la mejor manera de describir a aquellos seres desencarnados que vuelven para dar algún mensaje o indicar algo que les urge resolver para poder seguir su camino.

Algunos hospitales psiquiátricos históricamente han sido sitios de manifestaciones paranormales. Se cree que las personas con algún trastorno psiquiátrico, además de las alucinaciones y delirios propios de su padecimiento, pueden percibir otras realidades, precisamente porque no tienen las barreras conscientes de una persona común o neurotípica.

Todo ocurrió en Nápoles. La familia de Aldo había tenido esa vieja casa por generaciones. Era una enorme propiedad, antigua, con múltiples habitaciones distribuidas en una peculiar forma de corchete, de dos niveles, sobre un inmenso terreno en el que, entre otras cosas, se encontraba el cementerio familiar. Durante años esta familia fue muy acaudalada; eran comerciantes prósperos, propietarios de ganaderías y adquirieron la casa mucho tiempo atrás. A lo largo de los años, la casona fue escenario de todo tipo de historias, de épocas de gloria y también de otras menos afortunadas. Al momento de este relato, la casa se encontraba parcialmente vacía; la familia se había reducido en número y no había empleados, mayordomos, ni amas de llaves, solo la vieja casa napolitana que habitaban Aldo, su hermano y sus hijos gemelos, Giovanni y Salvatore, nacidos en 1993, a los que quería como a su propia vida. Por lo demás, la casa era silenciosa y estaba casi abandonada; al ser un edificio tan antiguo, el mantenimiento y la conservación se volvieron desgastantes, agobiantes. Era evidente que había vivido mejores tiempos, aunque no necesariamente tiempos más felices; eso queda claro al conocer algunas historias de la vieja casona.

Está la historia del tío, un hombre solitario. Parecía como si la tristeza propia de la casa lo hubiera invadido. Su único contento fue una hija que tuvo con alguna mujer que los abandonó; él se encargó de todo y la chica se volvió su gran alegría, su esperanza de que la vieja casona reviviera. Cuando era pequeña, sus risas y sus alborotos llenaron aquellos espacios vacíos con nueva vida. Trágicamente, la mataron en 1980 durante un robo: un grupo de bandoleros entró a la casona pensando encontrar riquezas inauditas, pero ahí solo había grandes habitaciones vacías y una chica bonita. El tío no pudo salvarla, pues eran varios asaltantes que, tras someterlo, la mataron. Este perdió la razón, deambulaba por los pasillos hablando solo, buscando a su hija y caminando sin parar. Dos años después del funeral, notaron que algo estaba muy mal. Los animales comenzaron a desaparecer, primero las mascotas, luego las gallinas, después los animales de otros vecinos, hasta que el olor se volvió insoportable en una zona de la casa: el baño. El tío seguía hablando y caminando sin parar, alegando con algo o alguien. Cuando le preguntaban de dónde provenía ese hedor, o bien no respondía o decía cosas incoherentes. Hubo que entrar por la fuerza para darse cuenta de que el tío, en su dolor y su locura, había sacado de la tumba el cuerpo de su hija muerta y lo había llevado a la tina de baño, donde lo sumergió en la sangre de diversos animales con la loca idea de que reviviera. Por supuesto no revivió y el tío, al darse por descubierto y también al caer en cuenta de que su hija no volvería, optó por quitarse la vida ahí mismo.

Hoy en día es preferible no ocupar esa zona de la casa, porque siempre pasan cosas raras. Y es que la casa tiene tantas anécdotas que resulta imposible contar todas. Ahí estuvieron las camisas pardas, luego los nazis; también pasaron los soldados estadounidenses tras conquistar Italia. Hubo muerte, violencia y tragedias a principios del siglo XIX. No es de extrañar que toda la casa tenga historias de apariciones, como la del famoso «fantasma del arco», que te espía mirando desde arriba de un tosco arco de piedra, parte de la construcción original. Se le puede ver el rostro y parte de la cabeza, pero no se mueve de ahí. De igual modo, está el fantasma del baño, que se encierra y no abre la puerta, y, cuando alguien toca para ver si está ocupado, ha llegado a contestar con una voz extraña e ininteligible, pero si logran abrir la puerta, ahí no hay nadie. Claro que también hay voces que te llaman y parecen caminar a tu lado; sonidos de puertas que se abren y cierran; objetos que se mueven y, en ocasiones, se escucha el llanto de una mujer.

Pero, independientemente de todos los antiguos espantos, hubo un suceso peculiar que en verdad sorprendió a toda la familia. Esto comenzó cuando uno de los gemelos, Giovanni, empezó a hacer dibujos extraños. Él padecía un desorden neurológico, que, tras varias opiniones, fue diagnosticado como esquizofrenia. Así que se pensó que aquellos extraños dibujos no podían ser otra cosa que el producto de ese trastorno.

Giovanni tenía un amigo imaginario muy complejo de nombre Rafaele, quien además tenía una apariencia poco común. Solía dibujarlo como un chico bañado en algo de color negro y sin pies. Cuando se le preguntaba por él y por su inusual apariencia, Giovanni aseguraba que su amigo Rafaele no tenía pies porque se los habían cortado y que su cuerpo estaba cubierto de brea, que lo habían lastimado mucho y eso se podía notar a distancia; remataba diciendo: «Así y todo, lo quiero mucho».

Rafaele, el amigo imaginario, siempre lo acompañaba y lo cuidaba. Le recuerdo que Giovanni era un chico neurodivergente y Rafaele se volvió durante varios años su compañero inseparable, aunque, claro, imaginario. Lo interesante aquí es que Giovanni sabía que Rafaele estaba muerto y era su amigo. Y por supuesto, con su diagnóstico de esquizofrenia, todo el mundo pensó que Rafaele era un síntoma, no un amigo. Era curioso, pero la comunicación que por lo regular se desarrolla entre gemelos, que incluso llegan a desarrollar un protolenguaje, entre Giovanni y Salvatore no se daba; se llevaban bien, se estimaban y se apoyaban, pero no se daba esa comunicación secreta, aunque entre Giovanni y Rafaele, sí; pasaban largo rato charlando en un lenguaje desconocido.

Pero aquello aún asombraba a los médicos. Este amigo imaginario era muy complejo, con el comportamiento de una persona real, y además una persona muy informada de todos los pormenores de la vida familiar, de detalles que aun el propio Giovanni no podría haber conocido, pues se trataba de temas de los que no se hablaba delante de los chicos, asuntos de los que no se les hacía partícipes por su corta edad, pero de pronto Giovanni parecía saberlo todo, y al preguntar sobre el origen de esta información, por lo general respondía: «Me lo dijo Rafaele».

Era tan notoria la presencia de Rafaele en la vida de Giovanni que por fin un día los parientes decidieron pedirle a Giovanni que le preguntara a su amigo si sabía dónde estaba su cuerpo. Era una forma de comprobar si aquello era algo más que una creación de su mente. Todo era tan extraño que nada se perdía con ello.

Ante el cuestionamiento, el chico fantasmal indicó el lugar donde se encontraba su cuerpo sepultado. Giovanni llevó a la familia a tal lugar, que sorprendentemente estaba muy cerca, en uno de los patios traseros que se usaban para el ganado. En esos días estaban haciendo trabajos de remodelación, por lo que había herramientas en la casona, así que no tuvieron problema en comenzar a excavar.

Aquello comenzó con cierta incredulidad, pero de pronto, ahí estaba, un cadáver de un niño como de 12 años enterrado justo en la parte de atrás de la casa, aunque no en el cementerio familiar, sino en un pequeño prado. Para asombro de todos, al comenzar a descubrir los restos, resultó que el cuerpo estaba bañado en brea y le faltaban los pies, se los habían cortado a la altura del tobillo.

El espanto hizo que buscaran ayuda; un cadáver en el patio de la casa no es cualquier cosa. Llamaron a un amigo de la familia, médico forense y empleado estatal, quien examinó el cuerpo y determinó que llevaría un buen tiempo ahí, quizá unos ochenta años o más. Había muerto por un golpe terrible en la cabeza y presentaba otras lesiones también graves. Pero lo más terrible es que sí le habían cortado los pies; ya no era posible saber si en vida o tras la muerte, pero los pies ya no estaban ahí. Teniendo en cuenta que por este lugar había pasado la guerra y había cadáveres antiguos por todas partes, no era necesario hacer un escándalo, simplemente había que darle cristiana sepultura y registrar el hallazgo en un padrón oficial de víctimas de la Segunda Guerra Mundial, asumiendo que el tiempo de la muerte habría sido cercano a ese periodo.

Llevaron el cadáver al camposanto familiar ubicado en un extremo del terreno de la casona. Se le dio sepultura con un sacerdote presente, quien realizó los rituales propios, luego colocaron una pequeña cruz con el nombre «Rafaele». Después de eso, Giovanni no volvió a ver a su amigo imaginario. Hoy en día es un adulto con esquizofrenia, pero debidamente cuidado y atendido; tiene una vida plena, una familia y un grato recuerdo de un amigo que le ayudó cuando más lo necesitaba.

Por cierto, el forense consideró que la brea había conservado el cadáver bastante, ya que evitó que despidiera olores más allá de la tumba. Asimismo, una alfombra que lo envolvía ayudó a que el cuerpo se conservara todavía más. Por supuesto, el hecho de no haber realizado la investigación oficial no impidió que la familia de Giovanni buscara respuestas. Con base en los datos que dio el forense, se rastreó la historia de la casa y de sus antepasados. Para su sorpresa, casualmente se descubrió que entre 1930 y 1940 vivió en la familia un chico de nombre Rafaele que tenía 12 años cuando murió. Todo el mundo supo que lo mató el marido de su hermana cuando, iracundo por una de sus travesuras, arremetió contra el chico hasta matarlo. Rafaele tenía un hermano gemelo, igual que Giovanni, el cual sobrevivió. Quizá Rafaele se identificó con Giovanni por la cuestión de tener un gemelo, pero quizá también por el hecho de que Rafaele era, a decir de los viejos, «un niño raro». Al sujeto aquel nunca lo juzgaron y nunca fue castigado, ya que murió durante la guerra. En cuanto al fantasma de Rafaele, nunca más se hizo presente.

Ilustración de Ostos Sabugal para *Relatos del lado oscuro*

La criptofasia es el lenguaje secreto que se desarrolla entre gemelos. Surge a edades muy tempranas y llega a mantenerse por mucho tiempo; se estima que un 50% de los gemelos desarrolla alguna forma de criptofasia. También existe la creencia de que entre gemelos se da una poderosa comunicación no verbal.

Es popular la idea de que los niños suelen tener de forma natural amistades imaginarias, hasta los 4 o 5 años; sin embargo, también es una creencia muy arraigada que hasta los 9 años se pueden percibir fantasmas con mayor facilidad.

YUREI EN CASA, UN FANTASMA EN JAPÓN

Kioto, año 2015. Una pareja estadounidense, Tim y Bárbara, llegó a Japón por un tema de trabajo: él, un ingeniero en electrónica, obtuvo un excelente empleo para una importante firma. Como parte de la contratación le pidieron que pasara un año en capacitación en la ciudad japonesa. De hecho, la pareja contrajo matrimonio justo a tiempo para poder viajar a Japón y obtener el beneficio para empleados casados, que incluye el pago del alquiler de un departamento fuera de la planta. Tim y su esposa planearon con emoción que aquello se convirtiera en una luna de miel que durara un año.

Una vez que llenaron todos los requisitos, se trasladaron a Japón. Entonces su tarea era buscar un departamento o una casa, pero al llegar allá se dieron cuenta de un detalle inquietante, las rentas eran altísimas. La empresa había impuesto un tope para el alquiler del departamento y la mayoría de los inmuebles que visitaban superaba por mucho ese tope, y, si bien el sueldo era bastante bueno, su idea no era gastar de más. Por ello buscaron a un agente inmobiliario anglófono que les ayudara a localizar una propiedad adecuada.

Por fin, él les comunicó que les había encontrado un sitio estupendo en una zona cercana a Kioto, apenas a 15 minutos caminando de una estación del tren y con un recorrido de veinte minutos para llegar a la planta donde trabajaría Tim. El departamento estaba apenas un poco por debajo del tope que la empresa había establecido, pero, según el agente inmobiliario, era una oportunidad única, puesto que tenía piso de madera y cocineta nuevos, estaba recién remodelado y les obsequiarían una bicicleta al firmar el contrato, así como un futón de piso, una especie de cama muy utilizada en Japón. La pareja quedó feliz y muy pronto hicieron todo el papeleo necesario. Las fotos que recibieron eran de un lugar bonito, y aunque no habían visto el departamento como tal, decidieron firmar y pagar lo necesario.

Sin embargo, cuando llegaron a pasar su primera noche, ansiosos de conocer su nuevo hogar, se dieron cuenta de un inconveniente: el departamento era diminuto, no tenía más de treinta metros cuadrados. Todo era muy lindo, pero para comer había que quitar la cama, no había espacio para una sala, si acaso para un sillón pequeño, una mesita y el futón. Con razón les regalaron uno, porque no había lugar para una cama como tal; aun así, era lindo el lugar, era silencioso y tranquilo.

La vida comenzó a transcurrir con normalidad, salvo el pequeño detalle de que Tim casi medía dos metros de altura y pesaba unos 120 kilogramos, y Bárbara se acercaba a 1.80 metros de estatura. Habitar en el departamento pequeño y bajito resultaba muy peculiar, como peculiares eran las miradas de las personas cuando salían a la calle. Ella era una chica alta y rubia; él, un gigante rubio de ojos azules. Llamaban la atención y más de un japonés se reía al verlos. A veces también las personas se paraban junto a ellos para tomarse una foto.

En esta zona de Japón, las personas eran muy bajitas y delgadas. Además, eran poco sociables, pues a pesar de que Bárbara había tocado las puertas vecinas, nadie le abría. Ella quería presentarse, como era el estilo en Estados Unidos, pero como no recibía respuestas pensó que las personas allá eran muy reservadas y por eso no abrían ni las puertas ni la conversación. Pasaron algunas semanas y no había podido hablar con ningún vecino. Además, había varios detalles curiosos, como el hecho de que en su calle casi no había tránsito y que, aun cuando había cuarenta cajones de estacionamiento, solo se estacionaban tres autos, mismos que no se habían movido en varios días.

El trabajo de Tim era absorbente, iniciaba muy temprano y terminaba muy tarde. La dinámica laboral de Japón era muy diferente a la de Estados Unidos, los horarios eran terriblemente extensos, no había tiempo para ir a casa a comer ni para estar en el día a día con Bárbara, por lo que ella tenía que pasar la mayor parte de su tiempo sola, en aquel diminuto departamento. Al paso de los días, Bárbara pensó que la mayoría de los departamentos estaban vacíos y que por eso nadie le había abierto la puerta. Sin embargo, a pesar de estar vacíos, entrada la madrugada se oían ruidos, algunos molestos. Tim llegaba muy cansado, quería dormir bien y no podía; además, los ruidos parecían cambiar de lugar, como si fueran diferentes vecinos los que hacían aquellos sonidos molestos. Bárbara volvió a intentar presentarse con las personas del lugar para hacerles saber que ya estaban viviendo ahí, quizá no se habían dado cuenta y por eso hacían tanto ruido, pero no lo logró, nadie le abrió la puerta.

Mientras Bárbara pasaba momentos de soledad, el trabajo de Tim marchaba bien. Los fines de semana la empresa organizaba eventos de integración, sobre todo para los trabajadores extranjeros, con el fin de que se sintieran bien recibidos y pudieran fraternizar con los japoneses. Era un escape agradable para Bárbara, podía dejar un rato el departamento y platicar con otras personas. Pero tras varias reuniones, no pudo evitar notar que la mayoría de las parejas que asistían eran extranjeras, los trabajadores locales iban solos. Y no porque no invitaran a sus esposas, sino que estaban solos; entre los compañeros de Tim, la mayoría era así y curiosamente ninguno tenía hijos. En las calles tampoco se veían niños. Sin embargo, en el departamento algunas madrugadas se oían ruidos de alguien que jugaba.

Por otro lado, Bárbara pasaba largas horas sola, no le gustaba salir sin Tim, porque le inquietaba la sensación de ser extraña para las personas, de oír los murmullos a su alrededor al ir al supermercado. Prefería estar en su departamento, pero los ruidos habían dado paso a algo inquietante: en varias ocasiones habría jurado sentir que Tim había llegado. Esto le pasaba por la tarde, cuando tomaba una siesta; de pronto oía ruidos dentro del departamento y al despertarse de reojo podía ver a una persona, pero cuando se levantaba para ver quién era, no había nadie. Japón es un país muy seguro, así que no podía tratarse de un delincuente. Pero, al paso de los días, el fenómeno también ocurría cuando ella estaba despierta. Hacía poco había comenzado a estudiar por internet en un instituto de Estados Unidos, y había notado algo raro: cuando se concentraba en su lección o estaba leyendo, de pronto la sorprendían ruidos en la cocineta. No pierda de vista que era un departamento diminuto, y sin embargo, parecía como si hubiera alguien adentro, pero no había nadie.

Pasaron dos meses, quizá tres. A petición de la propietaria, los encargados del inmueble organizaron una visita a los nuevos inquilinos para verificar que todo estuviera bien y no hubiera problema con los equipos y demás. Para fortuna de Bárbara, el empleado hablaba inglés fluidamente; estaba encantada de platicar de lo que fuera con él. Al final, ella recuerda que los vecinos son ruidosos y se lo expresa a aquel hombre; le explica que por la madrugada se oye mucho ruido en los departamentos inmediatos, así como en su cocineta. Le pide amablemente que hable con los vecinos y les informe que ellos están viviendo ahí, para que limiten el volumen de sus actividades. Aquel empleado palidece un poco, después le comenta que tomará nota y enseguida se despide con una caravana muy atenta.

La primera noche que Tim no pudo llegar por permanecer en la fábrica, Bárbara tuvo un primer encuentro con una figura fantasmal. Estaba viendo la televisión cuando la puerta del departamento se abrió de repente. Al voltearse para ver, ilusionada con que Tim hubiera llegado, se percató de que aquello no era su esposo sino una figura rara, como un hombre bajito que se ocultaba entre las sombras; solo alcanzaba a ver una figura oscura. Aterrada, Bárbara tomó un objeto que tenía junto y lo arrojó contra aquello con todas sus fuerzas, pensando que era un bandido. La figura desapareció en el acto y el objeto que ella le había arrojado fue a dar a medio estacionamiento. Bárbara no pudo dormir esa noche por miedo.

Los ruidos siguieron, y a pesar de que Tim escuchaba con atención a su esposa, estaba convencido de que era producto de la imaginación de Bárbara o bien que se trataba de cosas comunes; quizá el empleado de la inmobiliaria no había hablado con los vecinos y la puerta se abría con facilidad; quizá algún vecino se había confundido de puerta y apenado se retiró; todo podía tener una explicación razonable. En cuanto a los ruidos, Bárbara aseguraba que parecían producirse dentro del departamento. Tim trataba de convencerla de que no era así, sino que eran sonidos provenientes del exterior. Los días siguieron pasando y Tim tuvo que quedarse con más frecuencia hasta la madrugada en la fábrica, obligado a dormir unas pocas horas en el dormitorio de empleados.

Días después, surgió un problema en el baño, una fuga de agua que Bárbara reportó a la empresa inmobiliaria. Le enviaron a una persona a revisar. Resultó el mismo sujeto de la vez anterior, el que hablaba inglés. Esa vez se le veía apresurado, no hubo mucha plática y se limitó a lo básico. Bárbara quiso conversar más, preguntarle sobre algunas rutas de transporte, sobre lugares por ver en la zona, etcétera. Pero el hombre se veía sumamente inquieto y ansioso por irse. A punto de que saliera, Bárbara le preguntó:

—Perdone, se me había olvidado, ¿pudo hablar con los vecinos acerca de los ruidos?

Aquel sujeto titubeó, miró para todos lados, hizo una caravana y finalmente le confesó:

—Investigué lo que me pidió, pero debo informarle que usted no tiene vecinos, el edificio no está ocupado, salvo por ustedes. Los autos del estacionamiento están abandonados.

De nuevo hizo una caravana y se alejó rápidamente. Bárbara se quedó con una sensación extraña y un escalofrío. El edificio no era grande, apenas eran 16 departamentos en dos plantas, ocho por nivel, pero nunca pensó que estuviera vacío. Entonces: ¿de dónde provenían los ruidos?

Bárbara se preocupó. Tim pasaba casi todo el tiempo en la fábrica y ella no se atrevía a salir, se sentía fuera de lugar, no hablaba el idioma, se sentía sola y asustada. Tim la convenció de que todo estaba bien, que por el cambio de lugar y por estar sola tanto tiempo era normal que se sintiera así. Le prometió que pronto podría estar más tiempo con ella en casa y que podrían viajar juntos y conocer los alrededores. Ella sentía que el lugar era el problema, que el departamento tenía algo malo, pero no se atrevió a pedirle a Tim que buscara otro sitio. Muchas veces él apenas dormía unas pocas horas y volvía a la fábrica, no quería preocuparlo de más.

Entonces ocurrió algo más. En una de esas noches en que Tim no regresaba, Bárbara se quedó viendo el televisor hasta que finalmente se quedó dormida y comenzó a soñar con ese mismo lugar, pero se veía diferente; no se veía nuevo y por todo el lugar había muchas cosas que no eran de ella. El sueño se tornó muy inquietante; percibió un olor raro, vio basura en el suelo y las paredes se veían sucias.

El sueño fue tan inquietante que la hizo despertar y abrir los ojos. En ese momento se llevó el susto más grande de su vida: justo a su lado, cara a cara, se encontró con el rostro de una persona, una mujer anciana, llena de arrugas. Fue tal su impresión, que Bárbara no pudo moverse, se quedó paralizada con los ojos abiertos y un grito atorado en la garganta mientras la aparición seguía ahí. Era un rostro horrible, de coloración espantosa, como de un muerto en descomposición. La miró directo a los ojos y abrió la boca como para decir algo. Bárbara por fin pudo gritar y, segundos después, la imagen se hizo más tenue y terminó por desaparecer. Bárbara se levantó de un salto y salió corriendo del departamento, eran las dos y media de la madrugada, y la calle, el pasillo, el estacionamiento, todo estaba completamente vacío. Vestida solo con un camisón delgado, temblaba de frío y castañeteaba. Lo único que se le ocurrió fue marcar el teléfono de Tim, que no contestaba.

Entonces decidió caminar hasta la parada de autobús, una caseta de vidrio iluminada y con calefacción. Ahí permaneció hasta el amanecer, después volvió al departamento, aún abierto, e insistió en marcarle a Tim, quien volvió a explicarle que era su imaginación, que debería salir más a menudo y cualquier cantidad de explicaciones absurdas.

—O vienes enseguida o me marcho a Estados Unidos —Bárbara respondió colérica.

Ella sí había visto algo, lo tuvo frente a frente, había sentido por mucho tiempo que no estaba sola. Estaba a punto de dejarlo todo y volver a Estados Unidos; aquello había sido la gota que derramó el vaso. Pero, puesto que era una mujer muy valiente, decidió intentar algo. Llamó al hombre de la inmobiliaria con el pretexto de que la calefacción no funcionaba bien.

Cuando el hombre llegó, Bárbara lo hizo pasar y cerró la puerta. Notó un nerviosismo inusual en aquel tipo, rayando en pánico. Con su 1.80 metros de altura, Bárbara se plantó frente al hombre y le exigió una explicación.

El hombre le pidió que se sentara y le confesó que el departamento era un *jikko buken*; es decir, un lugar en el que había muerto una persona sin que alguien se diera cuenta inmediatamente. Esos departamentos suelen ser muy económicos y se rentan así porque la gente no quiere ocuparlos por temor a los fantasmas. Ahí había muerto una anciana y nadie se dio cuenta sino hasta siete meses después; los fluidos corporales habían manchado el piso, por eso lo habían cambiado, y habían remodelado el lugar, pero los demás habitantes se fueron cuando supieron de la muerte de la anciana, por eso el edificio estaba vacío.

De acuerdo con la tradición, Bárbara se había encontrado con un *yurei*, el de la anciana que había vivido ahí y que no aceptaba que el departamento fuera ocupado de nuevo. Por fortuna para Bárbara, aquello no era uno de los peores fenómenos, porque el *yurei* no se había convertido del todo en un *onryo*, un fantasma iracundo. Aún no estallaba en ira, cosa que habría afectado gravemente a Bárbara porque los *onryo* son fantasmas vengativos que buscan dañar al testigo provocándole un desgaste similar a una enfermedad, pero además afectan a la persona con apariciones aterradoras. Mientras la víctima comienza a debilitarse, el fenómeno se vuelve cada vez más intenso, hasta que finalmente la mata. En otras ocasiones, un *onryo* puede provocar alucinaciones tan terribles que llevan a la persona a la locura, pero también hay relatos acerca de misteriosas muertes, por fuego o por agua, aparentemente suicidios, pero con el antecedente de que a la víctima la perseguía un *onryo*.

El fantasma clásico japonés, o *yurei*, suele tener las características de un fantasma vengador: sufrió una muerte violenta, por asesinato, accidente, guerra o suicidio; lo sepultaron o desecharon sin los rituales funerarios apropiados; personas que continúan con vida lo olvidaron prematuramente o lo culparon por un crimen que no cometió, de tal forma que, debido a su muerte, fue incapaz de defenderse.

Finalmente, la pareja abandonó el departamento y buscó otro, más lejos pero libre, tranquilo y feliz. Años después regresaron a Estados Unidos y después se mudaron por trabajo a México, en donde desarrollaron afición por un extraño canal de YouTube llamado *Relatos del lado oscuro*.

Ilustración original de Ostos Sabugal para *Relatos del lado oscuro*.

En Japón hay un lugar temible, el Aokigahara, traducido como «mar de árboles», en el que ocurren cientos de suicidios al año. Este bosque es un lugar muy silencioso que produce un sentimiento extraño en las personas que lo visitan. La tradición asegura que está habitado por los *yureis*, aquellos seres humanos fallecidos que no pueden cruzar el portal en el monte Fuji, por lo que se quedan vagando en el bosque e impiden que quienes entran en él puedan salir.

Se considera que el bosque Aokigahara está habitado por espíritus vengativos porque anteriormente ahí abandonaban a los ancianos, los *ubasute* u *oyasute*. Con tal de ahorrarse el sostén o los gastos funerarios de sus parientes ancianos, las personas los llevaban ahí para que se perdieran y murieran en solitario. Más aún, durante las épocas de hambrunas esta práctica también se llevó a cabo con los infantes.

En Japón se cree en la existencia de demonios, los *shinigami*, que provocan en las personas un deseo irrefrenable de quitarse la vida. Junto con la *Mrtyu-mara*, se cree que pueden ocasionar que una persona sana, mentalmente estable y sin motivos, llegue a quitarse la vida.

VENGANZA DEL MÁS ALLÁ

En 1994, José era policía segundo de la Policía Estatal, una corporación de vigilancia que tenía presencia en todo el estado de Puebla, en la parte central de México. Él había sido policía por varios años, conocía el trabajo, le gustaba y se sentía orgulloso de su cargo y de su labor, pero desde algún tiempo atrás, la llegada de un gobernador nuevo en 1993, un hombre duro y enérgico, había generado diversas protestas y manifestaciones, sobre todo en algunas regiones populosas. A la corporación de José correspondía poner orden en estos asentamientos irregulares que habían sido producto de la invasión de terrenos agrícolas. Los integrantes de estos grupos resultaban particularmente conflictivos: apenas meses atrás habían agredido violentamente a varios agentes y cuatro elementos que participaban en un operativo habían muerto, aunque nunca se publicó la noticia. También había habido un atentado en una comunidad del interior del estado, en el cual volaron por los aires una camioneta de policías y cinco agentes murieron. Tampoco hubo ninguna publicación ni información al respecto; muchos de estos eventos no llegaban a la prensa, los mantenían ocultos, pero se conocían entre los propios policías, quienes se sentían cada vez más presionados.

Fue entonces cuando José y otros cuatro policías que integraban su unidad participaron en una operación cuyo objetivo era desalojar a varias familias que se habían apoderado de inmuebles en construcción. El operativo inició por la mañana; los granaderos comenzaron a avanzar y a sacar a la gente de las casas. Hubo gritos y llantos de personas que suplicaban. No era una escena agradable y ciertamente aquellos policías tenían un nudo en la garganta, pero debían cumplir las órdenes. En cierto momento se acercaron varios hombres en actitud violenta y agredieron a los policías, quienes respondieron tratando de dispersarlos, pero la agresión continuó y de pronto aparecieron armas de fuego. Hubo varios disparos por parte de ambos bandos, gritos y mucha confusión. Finalmente, la policía se impuso: tres civiles murieron a causa de sus disparos. Don José sabía que uno de aquellos caídos murió por un disparo de su arma, una escopeta policial calibre 12. No había duda.

El incidente, como de costumbre, no fue tema de noticia ni se publicó en ningún diario; todo fue silencio. Los jefes citaron a José para que presentara su informe antes de regresar a su comandancia. No hubo investigación de balística ni nada y solo Dios sabe qué habrá sido de los cuerpos. Fue tal la impresión en José ante todo aquello que pocos días después solicitó su baja del cuerpo policial.

Al paso de los días, la muerte de aquel civil le venía a la memoria constantemente. Aun cuando él no estuviera pensando en aquellos sucesos, de pronto le volvía ese recuerdo de forma muy persistente. Si estaba trabajando en algo, de la nada se detenía y recordaba el disparo y cómo aquel hombre caía. Si estaba hablando con algún amigo, así fuera de futbol (su deporte favorito), sus pensamientos se interrumpían para volver a aquella imagen del disparo y el muerto. Pero a los pocos días de que comenzaran esos pensamientos, las cosas cambiaron para peor; ahora en sueños aparecía aquel sujeto con el rostro casi borrado, su camiseta roja por la sangre y el cuerpo deformado. En su sueño se oía una voz terrible que repetía: «Te vas a arrepentir, hijo de tu chingada madre».

Don José despertaba bañado en sudor y con la sensación de que aquello era más real que una pesadilla; sentía el olor de la pólvora, el olor desagradable de la sangre derramada, el frío de aquella mañana, todo como si no fuera un sueño sino algo real. A pesar de haber abandonado la fuerza policial, aún gozaba de servicio médico, por lo que asistió con un terapeuta que se limitó a enviarle ansiolíticos y que consideró que sufría estrés postraumático.

El medicamento parecía haber tenido efecto, pues dejó de tener aquellos sueños. Al paso de algunas semanas, dejó de tomarlo, pues en realidad le impedía desempeñar su nuevo trabajo como conductor de taxi. No podía manejar estando medicado. Por supuesto que aquello no fue una buena idea, porque enseguida volvieron los sueños y esta vez mucho peor: parecían ocurrir en su propia casa, como si aquel muerto entrara y lo amenazara, pero ahora el escenario no era el sitio del tiroteo sino su habitación; podía ver los objetos y el mobiliario, podía ver a su esposa durmiendo y muchos pequeños detalles. De nuevo, don José consideró asistir con el terapeuta, pero algo lo hizo cambiar de opinión.

Una madrugada el sueño comenzó. Aquella figura horrible entraba en su habitación y lo amenazaba; José podía oír su voz ahogada y gutural, sentir de nuevo los olores y aquella sensación extraña, entre miedo, ira y soledad; no podía describir bien a bien lo que sentía en ese momento, salvo que la agitación lo hizo despertar. Pero esta vez el sueño no se fue, cuando despertó, frente a él en la oscuridad estaba aquel muerto, quien se abalanzó sobre él y comenzó a asfixiarlo. José sintió claramente las manos de alguien estrangulándolo; intentó gritar, pero no pudo; intentó patear, sin éxito, hasta que de pronto su mujer gritó como loca, porque también podía verlo. El ataque duró unos segundos más; después, el agresor fantasmal desapareció. José recuperó el aliento, pero a partir de ese momento su salud comenzaría a deteriorarse.

A los pocos días empezó con ataques de pánico; a plena luz del día veía al muerto, parado en una esquina, en el asiento trasero del auto, en el espejo del baño y, por supuesto, al caer la noche. En su habitación aparecía aquel sujeto, con la cara destrozada por el escopetazo, la voz horrible y gutural, y con el resto de los fenómenos que acompañaban la aparición. Su esposa también lo vio en varias ocasiones; de hecho, se mudó a otra casa, ella estaba enferma del corazón y no resistiría aquello. José también se deterioró rápidamente, al grado de no poder manejar, pues el fantasma se le presentaba en todas partes.

Porfirio, su compadre y amigo de años, se enteró de los problemas de salud de José, quien, por cierto, apenas rondaba los 45 años, pero desde semanas atrás, se veía como si tuviera 70. Fue a visitarlo; ambos habían sido compañeros en la fuerza policial tiempo atrás y quería saber qué le pasaba y si podía ayudarlo.

Como era de confianza, José se atrevió a relatarle todo; por primera vez platicaba lo que había pasado. Porfirio no dudó ni un momento de la historia de su amigo y le aconsejó ir a Tlaxcala, porque en una población en las afueras había un curandero que podía ayudarlo. Él sabría qué hacer, de hecho, Porfirio mismo lo llevaría con él.

Dos días después, José subió al viejo auto de Porfirio y comenzó el recorrido. Durante todo el trayecto José no paraba de mirar hacia atrás, ansioso, asustado, con un evidente delirio de persecución.

Llegaron cerca del mediodía a una típica casa de campo, con gallinas, perros y algunos puercos en un corral. Sonaron una campanita para avisar su llegada y un hombre mayor se asomó desde la puerta.

—Espérenme ahí, no pasen, yo les hablo cuando ya puedan entrar.

Esperaron cerca de dos horas. José ya deseaba volver a casa, porque con cada minuto que pasaba sentía más temor; tenía la sensación de que estando ahí era más vulnerable que nunca al ataque del muerto. No pierda de vista que no solo había tenido pesadillas, sino agresiones físicas. Finalmente, el curandero abrió la puerta y les pidió que entraran, pero los detuvo en el patio, antes de pasar a la casa. Ahí comenzó a quemar diversas hierbas muy irritantes, chiles y unas piedras brillantes; el olor era intenso y muy molesto; José estuvo a punto de darse la vuelta y correr lejos de ahí, pero el hombre mayor lo detuvo.

—Aguántese, si no hago esto, no puedo ayudarlo y el muerto que viene con usted no me va a permitir hacer mi trabajo.

Pasaría al menos otra hora antes de que el hombre mayor volviera a abrir la puerta y los hiciera pasar a una habitación grande, pero totalmente vacía, no había ni un solo mueble ni adorno, solo aquella habitación pintada de blanco. El anciano de nuevo les pidió que esperaran unos momentos; habían pasado ya casi cuatro horas desde que habían llegado. Entonces apareció acompañado de dos jóvenes; uno traía otra vez el anafre con carbón encendido y hierbas que soltaban humo; el otro traía una silla de plástico amarillo como las de los puestos de tacos.

Tradicionalmente, en México se ha usado el sahumerio de sándalo para ahuyentar espíritus de un lugar, mezclado con chiles para alejarlos de la persona. También, al anafre se suelen añadir flores de diferentes plantas para armonizar y azufre para hacer más intenso el olor.

—Siéntese, José; usted, Porfirio, no tiene por qué quedarse, pero si quiere, puede, solo que allá, en la esquina; no hable nada, no diga nada y si cree que ya no aguanta más, salga por esa puerta de allá.

Con el nerviosismo de lo que pasaba y en medio de todos esos olores y sensaciones raras, ninguno de los dos se dio cuenta de un detalle sorprendente: nadie les había preguntado sus nombres, no habían hecho una cita, solo llegaron de improviso y, sin embargo, aquel anciano sabía cómo se llamaban y muchos otros datos. Pero aún faltaba más: el curandero comenzó a poner más elementos en el anafre y la habitación se llenó de un humo extraño, muy denso y que olía muy desagradable. José estaba sentado en medio de la habitación y el hombre viejo le daba vueltas alrededor, como cantando y rezando. Pasó mucho rato y aquel sujeto no paraba de hacer esos cantos y rezos. Los jóvenes habían salido de la habitación y cuando José se dio cuenta, Porfirio también se había salido. Después le platicó que había visto al muerto aparecerse en medio del humo y ya no quiso quedarse ahí. Cuando por fin el viejo guardó silencio, José se sintió muy aliviado; ahora la habitación olía a flores, todavía había humo, pero ya no percibía aquel olor picante.

Para su sorpresa, afuera había oscurecido. Habían llegado a las diez de la mañana y de pronto ya era de noche. El viejo salió un momento y volvió con un jarro que tenía un líquido sin sabor.

—Beba, le hace falta, nos tomó mucho tiempo lo suyo. Su compañero mejor se salió, luego hablaré con él para tranquilizarlo, pero por fortuna pudimos ayudar. Usted traía un muerto, uno muy enojado; el difunto no esperaba morir ese día, esperaba terminar el encargo, cobrar su dinero e irse, pero usted lo interrumpió de un escopetazo. Sí, sabemos todo, aquí pudimos ver ese día y también saber quién era el muerto.

Para asombro de don José, aquel viejo le continuó hablando de detalles que nadie más podría conocer, no solo de ese día sino de su propia vida, aspectos que nadie más conocía pero que, a decir del viejo, habían hecho posible que el muerto lo atacara, casi como si fuera un demonio. La ira es una emoción tan fuerte que puede cambiar el alma del ser humano y convertirla en la de un demonio.

Don José tendría que volver a visitar al viejo en muchas ocasiones más. Cada vez que volvía, se sentía tranquilo, liberado, pero poco después volvían los sueños y tenía que volver allá. A decir del anciano, eso era porque el muerto no lo soltaba y cuando se lo quitaban y lo mandaban al infierno, agarraba fuerza y volvía. Finalmente dejó de tener las pesadillas y no volvió a tener otro encuentro aterrador con el hombre muerto. Pero su esposa no quiso ir con el viejo curandero, le daba mucho miedo, así que el anciano no pudo protegerla y una noche don José pudo ver cómo fallecía, con los ojos abiertos y una horrible expresión de terror, viendo algo que nadie más pudo ver. El muerto había cobrado venganza.

El fantasma vengador es una aparición agresiva y suele repetir sus apariciones constantemente ante una misma persona con la finalidad de afectar su salud, pues busca venganza por un hecho de violencia. A diferencia de los fantasmas delatores, este tipo de aparición toma la justicia por mano propia. Suele desaparecer cuando consuma su venganza.

Durante los exorcismos que le realizaron a Anna Ecklund en Earling, Iowa, en 1912, el sacerdote Theophilus Riesinger aseguró que Anna estaba poseída por varios demonios, uno de ellos era su propio padre, Jacob, quien al morir y como venganza había aceptado convertirse en demonio y atormentar a su propia hija.

DESDE EL PURGATORIO, EL ABUELO DE PAULA

En 1999, falleció, en Buenos Aires, Argentina, el abuelo de Paula. Había padecido diversas enfermedades, entre ellas un cuadro fuerte de tuberculosis combinado con diabetes y varias complicaciones mayores. Su muerte no fue fácil, murió ahogado con su propia sangre mientras los médicos intentaban salvarle la vida. Paula estuvo a su lado y ciertamente la imagen fue dolorosa; los ojos muy abiertos, la boca enorme con una lengua inflamada y ennegrecida por la falta de oxígeno, su abuelo sujetándose fuerte de la mano de Paula como deseando que no lo dejara ir.

En varias creencias religiosas existen distintos lugares destinados para diferentes almas, según su conducta durante la vida, sus acciones, su fe o su obediencia a ciertas normas. Uno de estos lugares es el purgatorio católico; su equivalencia islámica es el Yahhanam; Gehinom, en el judaísmo; Naraka, en el hinduismo y, finalmente, Yomi, en el sintoísmo.

Él había querido mucho a Paula, su nieta consentida, a la que presumía a sus conocidos. A Paula le gustaba mucho ser la favorita, la querida. El abuelo era un hombre muy guapo, alto, de ojos claros y piel tostada por el sol. Durante toda su vida se dedicó a trabajar en grandes proyectos de construcción como capataz de obra. Estuvo en proyectos como presas, embalses y caminos. A pesar de ocuparse en un trabajo rudo de construcción, el abuelo siempre estaba bien presentado, arreglado y con la ropa impecable, sus botas de trabajo aseadas y su camioneta limpia. Cuando no trabajaba, siempre usaba traje y corbata, sombreros hechos a la medida y su aseo personal era impoluto. Por ser la preferida, llevaba a Paula con él en su camioneta, además solía llevarla a la oficina, para preguntarle frente a todos los ingenieros:

—¿Qué vas a ser de grande?

—Ingeniera.

El abuelo nunca fue cariñoso con nadie, solo con Paula, y ella conservaría esas memorias gratamente, aunque también sabía que su abuelo tenía una cara oculta, de la que se había dado cuenta tiempo atrás. De niña había descubierto que él tenía otra mujer que no era la abuela, también otros hijos que no eran sus tíos, pero además no eran los únicos. Tristemente, el abuelo podría parecer un caballero, pero en realidad había sido un pésimo padre y un hombre infiel poco cuidadoso de su familia. Al trabajar en grandes obras, solía cambiar de residencia cada cierto tiempo, por lo que tuvo muchas parejas y muchos hijos regados por todos lados. Hubo un tiempo, antes de que Paula naciera, en que abandonó a su familia durante años, aunque después volvió para hacerse cargo de ella.

Paula lo conoció en su época buena, cuando ya estaba de nuevo en casa, aunque eso no significaba que hubiera dejado las andadas; aun así, Paula fue su estrella y, cuando supo que estudiaría una ingeniería, se volvió su gran orgullo. Se había cumplido aquello que la nena decía, iba a ser ingeniera. El abuelo siempre aseguró que tenía muchos hijos, pero solo una nieta: Paula. Tristemente, en su época final, ya estando enfermo, vivía con una mujer que no era la abuela y que no se hizo cargo de él. Paula y su madre lo cuidaron y vieron por su salud.

En sus últimos días de vida, el abuelo tenía un aspecto terrible. Delgado en extremo y enjuto, apenas podía moverse. El poderoso hombre de 1.90 metros de altura, guapo y siempre arreglado, estaba reducido a un anciano enfermo, temeroso y asustado. Tal parece que la idea de morir lo llenaba de miedo, quizá por las cuentas pendientes que tenía con la vida.

El abuelo murió en 1999 y el tiempo comenzó a pasar. En 2004 Paula concluyó sus estudios y consiguió un trabajo en su profesión. Vivía sola en un departamento propio en Río Negro, Argentina. No tenía pareja sentimental, pero la acompañaba su inseparable gata. Todo iba muy bien; los recuerdos son recuerdos y la vida sigue, hasta que una noche tuvo un sueño terrible.

Aquella noche, en su pesadilla ella estaba en su casa, todo era exactamente igual a su departamento en aquel momento, los muebles, las fotos, los cuadros, la gata… En medio de aquel sueño ella escuchaba que tocaban a la puerta insistentemente. Al abrir la puerta se dio cuenta de que su abuelo venía a verla. Paula lo dejó pasar al departamento y lo acompañó hasta la cocina, en donde él le pidió un vaso de agua. En el rincón, la gata no dejaba de actuar extrañamente, estaba erizada por completo y hacía ruidos raros, pero todo era un sueño, ¿cierto?

En el sueño, el abuelo bebió unos sorbos y enseguida habló con ella:

—Ya no aguanto más, necesito que me ayudes.

Paula le preguntó dónde estaba y cómo podía ayudarlo. Él le pidió que lo acompañara. Ambos salieron del departamento; todo parecía perfectamente lógico y muy real, salvo que al salir y apenas caminar un poco, entraron a un lugar diferente, horrible, lleno de gente en condiciones lamentables. Había hombres, niños y mujeres en llanto, personas lastimadas, olor a excremento; un sitio sucio y desagradable. El aspecto del abuelo era sucio, desarreglado, similar a un cadáver que se descompone. La imagen era aterradora, pero más aterrador aún era el hecho de que aquellas personas comenzaron a acercarse a Paula, a tocarla, a sujetarla y a gritarle pidiendo ayuda y que las sacara de ahí. En ese momento por fin se despertó. Sofocada y angustiada, se levantó y caminó hasta la cocina. Ahí, sobre la mesa, encontró un vaso con algo de agua. Vivía sola y no recordó haber sacado un vaso ni haber bebido agua durante la noche, salvo en su pesadilla. La gata seguía erizada en un rincón, viendo fijamente a la puerta. En el ambiente aún se percibía un olor desagradable que se fue difuminando al paso de los minutos. Pasaron los días y la vida regresó a su curso. Paula siguió trabajando, manteniendo contacto con la abuela y con su madre, sin comentarles lo del sueño; desde la mente matemática de una ingeniera, aquello no podía ser más que una pesadilla.

Pero la pesadilla se quedó grabada muy profundo en su mente, más allá de un sueño habitual, que por lo regular se le olvidaría enseguida. Este, en cambio, permanecía claro, más que una pesadilla parecía un recuerdo. Esto le generó una enorme preocupación y la llevó a preguntarse dónde estaría su abuelo y cómo podría ayudarlo. Así fue como Paula comenzó a investigar formas de auxiliarlo. Encontró el llamado bautismo de los muertos de la Iglesia mormona, y también un grupo de santeros. En ningún caso se sintió satisfecha con lo que leía y escuchaba. Un buen día acudió con un sacerdote de su localidad, quien por fortuna le creyó; no siempre es así, pero en este caso él la orientó. Le recomendó participar en las misas y dedicar oraciones y sufragios por las almas del purgatorio.

De acuerdo con la antigua creencia de la Iglesia católica, una persona, siempre que fuera creyente y no apóstata, puede ir al purgatorio si no está totalmente en paz con Dios, porque no está limpia para alcanzar la visión beatífica. El abuelo no era un asesino, pero había hecho sufrir a muchas personas; había roto promesas y había faltado a sus votos. Pero, en su favor, había querido con locura a una persona, a Paula, su nieta.

Según las creencias católicas, para liberar a las personas de los pesares del purgatorio tras la muerte son necesarias oraciones y misas, pero también puede haber algún tipo de intercesión y eso abonaría a su pronta liberación.

Hasta hoy Paula no ha vuelto a tener ningún sueño con el abuelo, tal parece que la oración y las súplicas por su descanso tuvieron resultado. Pero aquel sueño quedó grabado con dolor en su memoria.

Se denomina *sueño de contacto* a aquel en el que aparece una persona fallecida que intenta comunicarse con una persona viva. Suelen ser muy nítidos, muy claros, muy realistas y no se olvidan al despertar.

Fantasmogénesis es el término que describe la transición de una persona viva a un fantasma y su permanencia cerca del reino de los vivos. Se cree que ocurre debido a las siguientes causas:

- Temor al castigo eterno por saberse una persona pecadora y tener la conciencia intranquila.
- Ignorancia de la propia muerte. La persona fallecida no sabe que está muerta.
- Rencor, ira, odio y deseo de venganza, que además son motivo de fantasmogénesis agresiva. Suelen ser fenómenos tan intensos como los demoniacos.
- Amor. Una persona puede optar por no seguir la luz con tal de esperar a un ser amado. No es una buena idea, porque puede quedarse atrapada para siempre y sin poder encontrar a ese ser amado.
- Apego a bienes materiales y los placeres mundanos, cuando quien fallece no desea alejarse de sus posesiones materiales.

IV

LOS RELATOS QUE NOS DIERON ESPERANZA

LA CHICA FANTASMA QUE SALVÓ A LOS POLICÍAS

Se podría pensar en ángeles guardianes, aunque la apariencia de esta chica era diferente, más bien parecía una persona anónima, perdida en la noche buscando ayuda. Pero, en realidad, ella era la ayuda. Eso es lo que nos contó Andrés, quien en 1992 era oficial de la policía de Entre Ríos, Argentina, adscrito a la ya extinta Unidad de Delitos Especiales (una fracción de la policía que se involucraba en la investigación de casos antiguos, sectas, delitos rituales, estafas, tráfico de personas y explotación con fines religiosos). Era una corporación con un trabajo riesgoso, pero al mismo tiempo, un campo de entrenamiento valioso para futuros agentes de otras áreas, ya que investigaban asuntos relacionados con la santería, las estafas médicas con tratamientos milagrosos, los cultos religiosos, adivinos, médiums y demás. Por supuesto, los miembros de esta unidad eran vistos con un dejo de rareza, eran los bichos raros de la policía, aunque también eran los de mayor capacidad para investigar con métodos no convencionales; de hecho, buena parte de su éxito se debía prácticamente a la intuición y a una percepción más allá de lo evidente. Esto es lo que a futuro le permitiría a Andrés investigar con mayor facilidad los casos comunes. Él había ingresado a la fuerza en 1985, es decir, ya no era un novato cuando vivió esta experiencia.

En el invierno de 1992, se les asignó a Andrés y a su compañero una misión especial. Debían entrevistarse con un miembro de la mafia, un sujeto peligroso con muchas cuentas pendientes. Si bien esta vez no iban por él, debían interrogarlo con respecto a la muerte de una persona. Aquel mafioso aseguraba tener información acerca de ese crimen, presuntamente un ritual. Citó a los agentes exactamente a la medianoche, en el viejo casino de Paraná. Esta era una propuesta extraña, sin duda algo había detrás; aun así, los oficiales estaban obligados a investigar. Andrés iba bien acompañado, como siempre, con su morena marca Browning calibre .9 mm, abastecida y con cargadores de repuesto para protegerse de todo mal.

Antes de ir al encuentro, Andrés pasó a recoger a su compañero a su casa, en un barrio bajo, para nada una buena zona; de hecho, había altos niveles de delincuencia ahí. Sin embargo, eso no le preocupaba, pues sabía cómo defenderse en caso de ser necesario.

Camino a la casa de su compañero, más o menos a mitad de la cuadra, en un terreno un poco en alto, Andrés detuvo la marcha y sonó la bocina del vehículo. Había que bajar unas escaleras y pasar un jardín para llegar desde la vivienda al auto. El compañero salió de su casa y se preparó para bajar hacia el auto, a no más de cincuenta metros. Le recuerdo que la casa se ubicaba a la mitad de la longitud de la calle. Hasta ese momento, Andrés no había visto a ninguna persona caminando por ahí; había algunas farolas que iluminaban además de las luces del automóvil, por lo que con facilidad habría visto a cualquiera que estuviera caminando o esperando junto a la avenida.

—Buenas noches —escuchó y no pudo evitar saltar y llevarse la mano a la pistola—. Perdone, no quise asustarlo.

Justo en la ventana del automóvil había una chica de no más de 20 años, que quién sabe de dónde había salido. Estaba vestida totalmente de blanco, con unos jeans ajustados, una playera y un suéter encima. Tenía cabello rubio hasta los hombros, ojos claros y piel marcadamente blanca. Andrés es policía, todos esos detalles los capta en apenas un parpadeo. Enseguida presta atención a la delicada voz, extrañamente suave, y aun cuando habla en tono bajo, se entiende perfecto.

—Disculpe que lo moleste, pero voy a la casa de una amiga aquí en el barrio, pero no puedo llegar porque hay un perro muy bravo un poco más allá; no me atrevo a caminar por ahí. ¿Me haría el favor de encaminarme en su auto? Se lo voy a agradecer muchísimo.

Acto seguido, la chica dio la vuelta al auto y en un parpadeo estaba del lado del copiloto, justo cuando el compañero llegaba a la puerta. Sorprendido, miró a la chica y preguntó de dónde había salido; no la había visto caminando, y desde la casa, en alto, podía ver perfectamente toda la calle. En fin, ambos se miraron y puesto que tenían unos minutos de más, aceptaron llevar a la chica. El compañero abrió la puerta y corrió el asiento delantero para permitir que la chica se subiera al asiento de atrás. Andrés arrancó y preguntó hacia dónde había que dirigirse.

Dio vuelta en u y siguió las instrucciones de la chica, pero aprovechó el momento para comentarle que lo que estaba haciendo era muy peligroso, pues ese no era un barrio seguro para caminar a mitad de la noche y sola; era un error terrible.

Andrés le reveló que eran policías y que podía estar tranquila porque ellos la protegerían, pero que no debería hacer eso de nuevo, pues habían visto cosas terribles en ese sitio. Acto seguido aceleró, pero no encontraban el lugar al que iba aquella chica. El compañero le pidió más indicaciones, pero nada de hallar la dirección. Andrés siguió dando consejos mientras aquella chica lo veía con mirada un tanto dulce, consecuente, como si supiera algo más, y con una sonrisita extraña. En cierto punto, la chica les pidió que se detuvieran porque ahí se iba a bajar, pero Andrés y su compañero no veían ninguna casa o lugar que pareciera habitado; aun así, la chica insistió que ahí estaba bien. El compañero abrió la puerta, corrió el asiento y la chica bajó, el compañero subió de nuevo al auto y, al cerrar la puerta, la chica se acercó a la ventana.

—Muchas gracias, vayan con bien.

Enseguida se dio la vuelta y desapareció. Así, tal cual, tan solo la dejaron de ver, en un espacio completamente abierto, a mitad de la calle, de pronto ya no estaba.

—¿En dónde está, para dónde se fue? Andrés, ¿qué fue esto? —no dejaba de preguntar su compañero.

Ambos coincidieron en que había desaparecido, sobre todo porque iba vestida de blanco y forzosamente la habrían visto alejarse, pero nada.

—¿La conocés? ¿Venía contigo? ¿En dónde la encontraste? —siguió preguntando el compañero.

Las respuestas eran negativas; Andrés nunca la había visto, no la conocía y no la había visto hasta que se apareció en su ventana. El compañero tampoco sabía de ella; con todo y que conocía bien el barrio, nunca se la había encontrado; la habría recordado, pues tenía una apariencia bastante inusual.

Andrés volvió a encender el auto y avanzó. Se prepararon para el encuentro pactado con el mafioso. Sin embargo, al llegar al viejo casino, no encontraron a nadie. Todo estaba apagado, no había ningún auto ni estaba el delincuente. Entonces se dieron cuenta de que había pasado muchísimo tiempo, casi era la una de la mañana. Por estar dando vueltas con la chica aquella, habían perdido la noción del tiempo y llegaron tarde a la cita.

Molestos por haber perdido la oportunidad de hacer su indagatoria, emprendieron el regreso a la casa del compañero, lo que no les tomó más de 15 minutos. A la mañana siguiente le reportaron el incidente al jefe, quien, enfadado, les insistió en que aquella reunión era importante, porque de seguro el maleante tenía información de primera mano.

Pasaron los días y se organizaron nuevas investigaciones que por fin condujeron a un operativo policiaco. En la redada, arrestaron a varios sujetos de la mala vida. Casualmente, uno de ellos era el mafioso con quien habían quedado de entrevistarse. Lo llevaron detenido a la estación de policía y, durante los interrogatorios, los agentes se enteraron de que aquella noche el mafioso no iba a confesar nada, sino que los iba a emboscar. La idea de aquel sujeto era citarlos en el casino abandonado para asesinarlos y así acabar con la investigación. Al ver que no llegaban, pensó que los policías, a su vez, le habían tendido una trampa y huyó.

Milagrosamente, Andrés y su compañero habían perdido la noción del tiempo por llevar y traer por todo el barrio a la misteriosa chica rubia, a la que, por cierto, nunca más volvieron a ver. Se podría pensar que era un ángel a mitad de la noche, salvo por un dato extraño: unos días después de este embrollo y platicando con otros policías de la unidad, Andrés supo que en ese paraje algún tiempo atrás habían asesinado a una chica, rubia, joven y de ojos claros que vestía de blanco.

Andrés continuó en la fuerza policial, ocupó puestos de mando y se convirtió en un agente muy respetado hasta su jubilación. Nunca volvió a ver a la joven vestida de blanco, pero por alguna razón sabe que al final del camino, seguramente ahí estará aquella chica con su sonrisita extraña.

Ilustración original de Ostos Sabugal para *Relatos del lado oscuro*.

EL PADRE QUE NO SE FUE DEL TODO

La familia de Martha siempre fue muy unida; estaba formada por mamá, papá, Martha y un hermano. Vivían al noreste de México, en la península de Baja California, en la capital de aquel estado mexicano, la ciudad de La Paz.

Eran personas cercanas y la figura paterna era tremenda, un gran hombre, grande de corazón y grande de cariño hacia sus hijos, cuidadoso y afectuoso. Había logrado hacer de Martha y de su hermano buenas personas que no solo pensaran en sí mismos sino en los demás. Era un hombre serio y muy trabajador, entregado de lleno a su familia.

En 1999, Martha era una chica de 17 años, estudiante de enfermería con grandes deseos de ayudar, tanto que a esa temprana edad ya colaboraba con los servicios de ambulancias de la Cruz Roja. Pero su interés estaba lejos de la búsqueda de emociones intensas o reconocimiento; quería ayudar a las personas aplicando sus conocimientos. Desde pequeña su deseo era ser enfermera, tratar con las personas, atenderlas, cuidarlas y ayudarlas a sanar.

En esos años, la vida ya era peligrosa en las ciudades del norte del país y, por supuesto, una chica joven que andaba por ahí en la noche asistiendo a personas heridas o accidentadas, sin duda corría riesgos. Su padre siempre se preocupa por ella, por lo que cada vez que volvía a casa del trabajo él preguntaba cariñoso:

—¿Ya llegó la niña?

Así se refería a Martha, como «la niña». Si ella aún no había regresado, presuroso salía para ir por ella y acompañarla de regreso a casa. Quizá en algunos lugares del mundo no se entienda la preocupación por un hijo, pero en México, la situación de la seguridad siempre ha sido un tema inquietante y por ello él siempre preguntaba.

Así las cosas, al interior de aquella familia, en ese año de 1999 todo iba muy bien. El padre era un tipazo al que los hijos y la esposa adoraban. Pero la vida no es para siempre y a finales de año llegó el dolor a la casa: el padre falleció tras un periodo corto de enfermedad. Aquello no pudo ser más doloroso; la familia quedó devastada hasta el punto de que Martha dejó de asistir a la Cruz Roja, para quedarse a acompañar y consolar a su madre. Las tardes se volvieron especialmente complicadas; cerca de la hora en la que siempre volvía el padre, la madre de Martha entraba en una severa crisis de llanto, de no poder contenerse y no poder seguir adelante. Incluso en algunos momentos pensó, sin decirlo, en buscar una salida a su dolor. Su único soporte eran sus hijos, aunque a veces solo estaban ella y Martha, haciéndose compañía en medio de tanto dolor.

Martha hacía todo lo posible por estar a su lado, por compartir momentos tranquilos. Sentadas las dos en la cama, le ponía las noticias en el televisor, una película, una telenovela o algo que la ayudara a distraerse. También platicaban. Martha le hablaba de sus clases, de su día a día, de lo que esperaba para el futuro, etc. Cuando llegaba el hermano, se unía a la charla, todo con el propósito de ayudar a salir adelante a la madre.

Entonces ocurrió el primer encuentro. Tal como le he dicho, las tardes eran sobre todo dolorosas, y entrada la noche aún peor. Habían pasado unas semanas de la muerte, menos de un mes; Martha había vuelto de la escuela temprano y había estado con su madre toda la tarde. Cerca de las diez de la noche, tras la cena, encendieron el televisor, platicaban y se entretenían antes de ir a dormir. Estaba oscuro y la única luz que iluminaba el espacio era la pantalla. La puerta de la habitación estaba cerrada y las dos mujeres veían un programa.

En cierto momento se escuchó ruido afuera de la casa, en la puerta exterior que daba a la calle. Claramente se escuchó que se abría y luego se cerraba, un sonido al que estaban muy acostumbradas. Momentos después se escuchó la puerta interior, la que daba acceso a la casa; alguien la abrió y la cerró, también un sonido muy conocido. Luego oyeron los pasos de alguien caminando tranquilamente desde la puerta; sonaban familiares, pisadas que reflejaban tranquilidad, los pasos de alguien que volvió a casa.

Un momento después, los pasos se detienen justo en la puerta de la habitación, que se abre suavemente unos cuarenta centímetros, una apertura suficiente para ver que hay alguien parado ahí. Debido a la oscuridad reinante y a la débil iluminación que produce el televisor, ellas no pueden distinguir de quién se trata. Pero, mientras afinan la vista, se escucha una voz que pregunta:

—¿Ya llegó la niña?

A lo que la madre casi de manera instintiva responde:

—Está aquí, hoy no salió.

Segundos después, la puerta se cierra y se escuchan aquellos pasos tranquilos en dirección hacia la cocina, luego se oye la puerta de la cocina y nada más. Ambas mujeres se quedan pensativas. En algún momento Martha comenta:

—Se escuchó como mi papá…

Y sin duda así se había escuchado, pero un rato después, ambas concluyen que se trató del hermano de Martha, quien por cierto tiene un timbre de voz parecido al del padre. Aliviadas, continúan viendo el televisor durante unos minutos más. Lo que sí era extraño era que su hermano nunca se había referido a ella como «la niña». En fin, era tarde y se fueron a dormir con la confianza de que eso fue lo que pasó.

A la mañana siguiente, empezó el ajetreo de siempre: preparar la ropa, los artículos de enfermería, un almuerzo para llevar, tomar un baño, etc. La madre preparaba el desayuno para todos, con la idea de que el hijo había llegado por la noche y que seguramente tendría hambre. Pero en ese momento ocurre algo extraño: ambas mujeres escuchan la puerta exterior abrirse y cerrarse, y se oyen pasos que llegan a la puerta interior, la cual se abre y aparece el hermano.

—¿A qué saliste tan temprano, hijo? —preguntó la mamá.

La respuesta no pudo sino llenarlas de asombro. El hijo no había vuelto por la noche, en el trabajo había faltado un compañero y él había tenido que doblar turno, por lo que se quedó hasta el amanecer; es decir, acababa de llegar a casa. Sumado esto al detalle de que él jamás había llamado a Martha «la niña», les quedó claro que la visita de la noche anterior no había sido una de este mundo. A pesar de insistir en que no bromeara y dijera la verdad, el hermano mantuvo que él no había llegado por la noche.

Sin embargo, y como suele suceder en muchos de los fenómenos de esta categoría, no sería la última vez que sucediera algo inusual, ya que aproximadamente tres meses después del fallecimiento, la madre de Martha volvería a ser testigo de una aparición, esta vez mucho más clara. Para entonces, la vida había retomado en parte su curso; Martha estaba de nuevo en el servicio de atención paramédica y la madre había llegado a cierta resignación y aceptación de la muerte de su marido. La casa estaba en paz, nostálgica y por momentos muy triste. Y ahí es cuando ocurrió de nuevo.

Una tarde, alrededor de las 6 p. m., cuando todavía había luz de día, la madre de Martha regresó a su casa de algún asunto y se dirigió a su habitación para guardar el bolso y el abrigo. Al entrar, como siempre, abrió las puertas, las cerró y caminó por el pasillo interior de la vivienda. A su alrededor estaban los muebles habituales, las fotos, los adornos, la veladora con la foto del difunto y las flores frescas de cada día. Y, como de costumbre, al pasar frente a la foto, mencionó en voz alta:

—He vuelto, no te preocupes más, ya estoy en casa —como si se dirigiera a su esposo fallecido.

La familia conservaba las cenizas del difunto junto a la fotografía, las velas y las flores. Esto es algo que en definitiva no se recomienda.

La mujer camina sin prestar atención a su entorno, salvo por el saludo a la urna funeraria, y realiza lo demás de forma habitual y casi automática. Pero, al llegar al guardarropa, percibe que algo no está bien, siente un cierto frío inusual (no olvide que esto ocurre en una zona costera caliente), pero además percibe una sensación rara, un escalofrío que le recorre el cuerpo y le pone los vellos de punta, algo casi magnético y que la hace girar sobre su eje para ver qué ocurre a sus espaldas.

Al dar la vuelta, se da cuenta de que, sobre la cama, estaba recostado su esposo, con las manos en la cabeza y los ojos cerrados, como si estuviera descansando, en una posición que con frecuencia asumía al tomar la siesta. Se le veía tranquilo, bien. Vestía una camisa ligera, pantalón oscuro y estaba descalzo. La imagen era tan clara que pudo ver los detalles mínimos, sin duda era él y estaba tomando una siesta como tantas tardes al volver del trabajo.

La madre de Martha no reaccionó con gusto; nada de eso, estaba plenamente consciente de que el marido había muerto, no lo había dejado de llorar ni un solo día y ahí mismo lo tenía enfrente, tan tranquilo que estaba tomando una siesta. La señora cayó en cuenta de lo imposible que era esto y no pudo evitar lanzar un grito por la impresión y caer desmayada.

Instantes después entró Martha y la encontró en el piso, seminconsciente. Su padre ya no estaba, pero a decir de su mamá, en cuanto giró y lo vio ahí, la imagen permaneció durante unos segundos inmóvil y poco a poco fue volviéndose más tenue hasta desaparecer, momento en que ella gritó y cayó.

Además, la madre aportó un detalle interesante al relatar lo acontecido: la apariencia no era la del momento de su muerte, sino una de días antes, cuando estaba bien, contento y fuerte; de hecho, la ropa del espectro (sí, los fantasmas aparecen vestidos) correspondía a una que utilizaba con frecuencia en la vida cotidiana, porque se sentía cómodo. Para la madre la impresión fue terrible, al punto de que fue a consultar a un ministro religioso sobre aquellas apariciones. Después de recibir consejo, la familia decidió llevar las cenizas a un lugar apropiado y celebrar un servicio religioso por el descanso del alma de nuestro amigo. A partir de entonces la aparición nunca más regresó, pero la sensación que quedó en la familia y su interpretación de este encuentro es que el padre deseaba despedirse.

El fenómeno paranormal en el cual se da la aparición de una persona recientemente fallecida, ya sea delante de la familia o de conocidos, se conoce como *fantasma del adiós*. No se trata de una presencia agresiva ni desagradable y muchas veces parece querer transmitir un mensaje simple: «Estoy bien». Asimismo, sus interacciones con las personas son tan intensas, que estas incluso pueden confundirse y creer que el aparecido sigue con vida, como se ha visto con frecuencia con testigos de un encuentro así que no sabían que la persona con la que estuvieron ya había muerto.

Por otro lado, se cree que hablar con personas fallecidas, contarles cosas, saludarlas, despedirse o mantener un trato como si siguieran presentes no les permite seguir su camino, y más si se conservan las cenizas en casa, porque esto focaliza la atención en ellas como si siguieran vivas. El fantasma del adiós suele presentarse de manera cercana a la fecha del óbito; no es común que se den manifestaciones de este tipo más allá de un año de haber fallecido; de igual forma, no tienen un sitio específico para aparecerse, puede ser en la casa, en el trabajo o incluso en la propia calle.

NO ME PUEDO IR SI ESTÁS ENOJADO

Acompáñeme al año 2014 para conocer a Félix, un chico de 17 años que acababa de pasar la Navidad en casa de sus abuelos, en la población de Carúpano, Venezuela. Fue una reunión de lo más grata. Félix y su abuelo, a pesar de que vivían en lugares separados por casi cuatro horas de distancia, habían llevado una relación cercana y entrañable. El abuelo no solo era un gran hombre, sino un gran maestro, una persona que enseñaba, que acompañaba, protegía y quería.

Desde siempre, Félix vio en su abuelo un modelo a seguir, una figura fuerte y querida. Le celebraba cualquier pequeño progreso, incluso a la distancia. No faltaba la llamada telefónica, el regalito o la visita inesperada. Pero, como siempre decimos en el programa, la vida no es para siempre y cobra factura.

Tras aquellas celebraciones de diciembre, Félix volvió a su casa en Caracas, un par de días antes de regresar al colegio. Estaba a punto de terminar la educación media superior y, si todo salía bien, pronto entraría a la universidad. En sus días con el abuelo le platicó con emoción de sus planes y sueños, y quedaron de comunicarse para comentar sobre un conocido del abuelo que trabajaba en la universidad. El 9 de enero de 2015 sonó el teléfono en casa de Félix y el identificador indicó que llamaban de casa del abuelo. El nieto contestó emocionado, esperando que su abuelo le confirmara que aquel conocido podía orientarlo para ingresar a la universidad. Pero en lugar de la voz del abuelo escuchó la de su tía, quien nerviosamente les informó que su papá se había sentido mal durante la madrugada, que estaba delicado, por lo que lo habían internado en un hospital de la región. Terminó comentando que el señor estaba mal y que sería bueno que fueran a verlo lo antes posible.

Los minutos se volvieron horas y el tiempo no alcanzó para que pudieran verlo consciente. Poco después de ingresar al hospital, el abuelo entró en coma, y en la madrugada del 11 de enero falleció sin haber recuperado la conciencia. Félix estaba en casa del abuelo por la mañana; devastado ante la noticia, se quedó sumido en una mezcla de asombro, tristeza y rencor, porque su abuelo murió sin despedirse. Y ese pensamiento recurrente lo atormentaba.

El funeral se llevó a cabo en la propia casa del abuelo, en la sala de estar. Se movieron todos los muebles, se instalaron unos soportes y sobre estos el ataúd; a su alrededor, cirios encendidos y numerosas flores. Las personas iban llegando, y conforme a la tradición primero saludaban a los deudos y después se acercaban al ataúd para despedirse del difunto. Sobrinos, nietos, parientes y conocidos se acercaron a verlo a través del cristal del ataúd; el señor se veía sereno y bien arreglado. Félix fue la excepción. Estaba destrozado, intentó mostrar un semblante fuerte e inmune al dolor, como haciéndose el insensible. Pero por dentro, además del dolor, seguía muy enojado porque su abuelo había muerto sin despedirse. Por absurdo que pareciera, este chico desarrolló un enorme resentimiento contra su abuelo por haber partido antes de que él pudiera decirle cuánto lo estimaba. Debido a estos sentimientos encontrados, se negó a ver el ataúd. Se quedó parado en la puerta de la casa y no se acercó al féretro en ningún momento.

Sin embargo, su actitud externa distaba mucho de sus sentimientos. La combinación del llanto de mujeres con los olores a incienso, velas y flores le caló muy hondo. Su fachada de hombre fuerte y maduro estaba a punto de desmoronarse, así que optó por alejarse, meterse a una habitación y tumbarse en la cama, donde rompió en llanto, lejos de la vista de los demás, hasta que finalmente el cansancio lo dominó y cayó dormido.

Estando dormido, comenzó a tener un sueño muy vívido y realista, en el que se observó a sí mismo vestido tal como estaba en el funeral —saco y pantalones oscuros, y camisa blanca—; pudo ver su entorno con claridad y nitidez; de hecho, el sueño transcurría en el mismo lugar del funeral, en la sala de la casa del abuelo, con las mismas personas, los sonidos y el olor a flores. Lo único que no estaba era el ataúd. En su sueño, Félix se recargó contra la pared de aquel sitio mientras se lamentaba por tener que volver a vivir aquello que le había sido tan doloroso. De pronto, aún en el sueño, se dio cuenta de que su abuelo estaba parado ahí, en el lugar donde estaba el féretro. Sí estaban las velas, las flores y hasta los soportes, pero en medio de todo eso el abuelo estaba de pie, vestido con su traje negro a rayas que siempre le gustó, su camisa clara con corbata roja, esa que usaba en ocasiones especiales. Félix lo reconoció de inmediato. El grado de detalle de la imagen era tremendo, hasta podía ver un fistol de solapa del traje, aunque le pareció extraño porque nunca lo había visto.

A pesar de su apariencia impecable, el abuelo se veía triste, cabizbajo, meditabundo y silencioso. Félix no pudo contenerse más y comenzó a reclamarle.

—Abuelo, ¿por qué te fuiste?, ¿por qué no te despediste? ¿Ahora quién será el primero que me va a llamar en mis cumpleaños?

De pronto, el abuelo levantó la mirada y caminó hacia él, mientras le decía:

—No me puedo ir si tú estás molesto conmigo.

Félix se quedó paralizado y solo pudo repetir sus reclamos, mientras el abuelo lo observaba, para después interrumpirlo.

—Hijo, no puedo irme si tú estás molesto conmigo.

En ese momento fue cuando Félix entendió el mensaje y se lanzó a abrazarlo mientras le pedía con insistencia que le diera su bendición y un abrazo.

—Felo —respondió el abuelo con ese apelativo que usaba de cariño—, quiero que hagas todo lo que te digan tus padres, respeta a los demás, haz muchos amigos y yo voy a estar siempre contigo. Te quiero, hijo. Ahora suéltame, que a donde voy no puedes venir conmigo. Suéltame, hijo, no puedes venir.

Félix se negaba a soltar al abuelo, pero de repente una luz muy suave y grata invadió todo el espacio. Y entonces surgió una voz que decía:

—Déjalo, él va a estar bien.

Félix soltó a su querido abuelo y se quedó viendo cómo se alejaba, mientras la luz se iba extinguiendo. Enseguida despertó de aquel sueño y se dio cuenta de que la habitación entera olía a la loción del abuelo. Momentos después salió de ahí en dirección a la sala. Finalmente se decidió a acercarse al ataúd y, cuando lo hizo, se percató de que la ropa que llevaba puesta el abuelo era exactamente la misma en el momento del sueño, incluyendo el fistol de solapa que Félix nunca le había visto. Félix se asombró por el parecido con su sueño, sobre todo por el detalle del fistol; unos antiguos compañeros de trabajo se lo habían regalado apenas unos días atrás; Félix no lo sabía, pero en el sueño apareció aquel detalle. A partir de ese momento Félix entendió el mensaje y siguió adelante con su vida.

Algunos fantasmas se comunican mediante sueños. Se cree que les es más fácil establecer contacto con los vivos en el periodo de sueño profundo. A diferencia de los sueños habituales, los sueños de contacto suelen ser muy realistas, las personas los recuerdan en su totalidad y en algunos casos pueden revelar detalles desconocidos para quien sueña. Más aún, algunas manifestaciones que ocurren en sueños llegan a generar fenómenos olfativos intensos que persisten tras despertar. Además, pueden percibirlos no solo la persona que sueña, sino también otros testigos, con lo cual esta se convierte en una manifestación múltiple que le da credibilidad al relato. Sé que en algunos casos estas manifestaciones llegan a dejar evidencia física.

MANIFESTACIÓN PARANORMAL ENTRE LOS ESCOMBROS

Uno de los relatos que más me ha impresionado tiene que ver con un momento histórico que tuve oportunidad de vivir con asombro y horror: el terremoto de la Ciudad de México el 19 de septiembre de 1985. Este sismo fue un terrible episodio, de casi dos minutos de duración y con una intensidad de 8.1° en la escala de Richter. Además, ocurrió en un horario en el que todavía muchas personas no salían de casa, pero otras ya estaban en la escuela o trabajando. Eran las 7:17 de la mañana. La ciudad fue severamente afectada, cientos de edificios colapsaron y se llevaron consigo la vida de muchísimas personas. La imagen de aquellos gigantes edificios de concreto reducidos a escombros me llevó a desear convertirme en ingeniero civil, quizá para poder entender qué había ocurrido, pero también para colaborar, aunque solo fuera mínimamente, para que eso no volviera a suceder. Por esta razón, algunos de los relatos que más me han conmovido tienen que ver con el sismo del 85.

En ese dramático escenario de destrucción y muerte es donde surgió esta historia. Tras el terremoto, las autoridades de la Ciudad de México y el propio gobierno federal quedaron paralizados; la respuesta fue tardía, precaria y desorganizada. La sociedad civil tuvo que intervenir en la forma de miles de manos que retiraban escombros, que buscaban entre las ruinas, que rescataban a personas heridas o que simplemente llegaban con comida y agua para los rescatistas. Muy pronto ambulantes de la Cruz Roja comenzaron a llegar, también bomberos que desobedecieron las instrucciones recibidas y se incorporaron a las labores, así como cientos de soldados que, aun cuando tenían órdenes de no intervenir directamente, se unieron a ayudar. Fue algo increíble, pero al mismo tiempo doloroso.

Al paso de dos o tres días, las labores continuaron, llegó la ayuda internacional y se incorporaron nuevos rescatistas voluntarios, mujeres y hombres valientes, civiles sin preparación especial, pero que se metían entre los escombros buscando cualquier señal de vida. Se harían llamar a sí mismos «topos» y cobrarían fama internacional; posteriormente participarían en otras tragedias similares ayudando a rescatar víctimas incluso en otros países.

En medio de todo esto, hubo un incidente extraño. Un edificio de cinco niveles de la colonia Roma colapsó verticalmente en forma de sándwich. El personal de la Cruz Roja y los bomberos revisaron los restos de la construcción y determinaron que no había más personas vivas, pues la caída del edificio había aplastado lo que hubiera en su interior; no había espacio para sobrevivientes, todo era una gigantesca pila de escombros. Se colocó una cruz de madera con flores en señal de respeto y se abandonó el lugar. Posteriormente volverían para sacar los cuerpos, pues en ese entonces urgía más recuperar a los sobrevivientes.

Entonces aconteció algo extraño. Cerca de las cuatro o cinco de la tarde, un grupo de policías hizo un rondín; tres o cuatro cadetes con un par de oficiales de policía custodiaban para evitar que gente aprovechada llegara a robar lo que había quedado, una labor un tanto estéril, porque como todo estaba destruido, la rapiña era incontenible, pero alguien tenía que mostrar el rostro de autoridad.

Al dar la vuelta a la esquina, mientras cruzaban por los escombros caídos sobre la calle, lo vieron, encaramado en los escombros del edificio aquel: un hombre mayor, un abuelo, moviéndose con dificultad. Traía un pantalón café de vestir, una camisa clara de manga larga con corbata y un chaleco de rombos, de esos de cocoles, como decimos en México. Los guardias de inmediato comenzaron a gritarle que no se moviera, que subirían a ayudarlo a bajar, que no intentara hacer nada. Aquel hombre hacía señales como indicando que ahí había alguien más. Pero el ascenso a la zona donde estaba el abuelo era complicado; cada vez que querían subir, todo se desmoronaba. Finalmente tuvieron que esperar a que llegara más gente a ayudar; el abuelo estuvo a la vista de todos durante más de veinte minutos, moviéndose sobre los despojos del edificio, hasta que desapareció.

Pensaron lo peor, creyeron que se había caído en algún hueco de los escombros o en la parte de atrás. Se apresuró el paso, quizá todavía podrían rescatarlo. Momentos después, en medio de voces y gritos, varios voluntarios y los cadetes lograron subir a la zona donde lo habían visto. Provistos de cuerdas, picos y palas, revisaron aquí y allá, sin mucho éxito. Pero, al remover algunos escombros que daban a una especie de cubo de luz, un vacío vertical en esa parte del edificio, lograron ver lo que alguna vez fue el interior. Si había alguien con vida, probablemente podría escucharlos si gritaban desde ahí.

Comenzaron entonces a llamar en voz muy alta:

—¡Rescate! ¿Alguien aquí? ¡Rescate, si no puede hablar, intente golpear con una piedra!

Inmediatamente después de gritar, todos guardaban silencio, a la voz de nadie se mueva. Todos se quedaban callados hasta que de nuevo se volvía a llamar. Una y otra vez, aguzando el oído para percibir cualquier señal de vida. Los rostros en aquellos momentos reflejaban la determinación de los rescatistas improvisados que harían fama mundial por su valentía altruista.

—¿Hay alguien aquí? Si no puede responder, intente golpear con algo, una piedra o cualquier cosa, estamos cerca.

Sorpresivamente, oyeron una voz tenue y aguda, la voz de un niño gritando y llorando. Enseguida comenzaron a prepararse, tomaron cuerdas, guantes, cascos, linternas y una botella con agua.

—Sigue hablando, para que te encontremos. ¿Cómo te llamas?

La voz era débil, casi no se oía, pero fueron moviendo piedra por piedra, con sumo cuidado. No pierda de vista que no tenían experiencia, no sabían nada de ingeniería ni de minería, eran personas comunes haciendo cosas increíbles. Finalmente, siguiendo el llanto y los gritos, pudieron mover grandes trozos de losa. Una grúa que llegó de repente ayudó a destapar el espacio donde estaba el niño.

Ilustración original de Ostos Sabugal para *Relatos del lado oscuro.*

Con asombro descubrieron que el pequeño no estaba solo; a un costado de él se encontraba su abuelo, un hombre mayor vestido con pantalón café, camisa clara de manga larga, corbata y un chaleco de rombos. Estaba muerto, aún no se había hinchado por la descomposición, pero el *rigor mortis* ya había pasado y presentaba las señales clásicas de la laxitud cadavérica; probablemente tenía dos días de haber fallecido. Los cadetes y los policías aseguraron que ese era el hombre que habían visto caminar sobre los escombros. Aunque técnicamente fuera imposible, el abuelo había salvado a su nieto, aun después de la muerte…

La historia se popularizó en aquel 1985. Tuve la suerte de escucharla de viva voz de un testigo, uno de los camioneros que ayudaban a retirar escombros estuvo ahí cuando bajaron los cuerpos, vio a los cadetes llorar y escuchó aquellos sucesos. Nunca los pudo olvidar, y si don Manuel viviera, seguro que lo seguiría contando con lágrimas en los ojos, como cuando nos lo contó al aire en 2004 y no pudo evitar el llanto.

Durante las labores de rescate de 1985 hubo un incidente paranormal muy conocido, el caso de «Monchito», un supuesto niño atrapado entre los escombros del edificio de la calle Venustiano Carranza 148. Varios rescatistas aseguraron oírlo, pero nunca encontraron sus restos, aun cuando se pudo demostrar que sí existía un niño en ese lugar, que habría muerto durante el terremoto. El mismo fenómeno se repetiría en 2017, cuando otro sismo terrible ocurrió con una coincidencia macabra el mismo día del sismo del 85. En este caso se dijo que se había escuchado bajo los escombros de la escuela Enrique Rébsamen a una niña llamada Frida; se utilizaron perros rastreadores y un ultrasonido de rescate, pero nunca se encontró su cuerpo.

V

EXPERIENCIAS CERCANAS A LA MUERTE, TESTIMONIOS DESDE EL MÁS ALLÁ

Hemos querido abrir un capítulo especial para considerar las experiencias cercanas a la muerte (ECM), un tema apasionante desde cualquier punto de vista y probablemente uno de los que mayor sustento puedan tener en cuanto a documentación, testimonios y, en buena medida, investigación científica. Las ECM suelen ocurrir frente a grupos de testigos de élite: el personal médico y de enfermería. Lo que de alguna manera nos permitiría tomar estas experiencias como punto de partida para muchos otros temas de investigación sobre la supervivencia de la personalidad después de la muerte.

Fotografía tomada en el estudio durante la grabación de un video en 2023.

RECUPERAR LA VISTA TRAS LA MUERTE

Acompáñeme a Venezuela en el año 1976. Tere era una chiquilla de 14 años. Tristemente, no fue una adolescente con una vida feliz; a su corta edad había sufrido varios problemas de salud que la llevaron a las puertas de la muerte. Aquello comenzó con fuertes dolores de cabeza, acompañados de mareos y malestares generales. Un médico tras otro fue emitiendo diagnósticos y recomendando tratamientos que no aliviaron sus dolores; al contrario, la enfermedad se fue agravando hasta derivar en dolores tan intensos que le impedían retener el alimento en el estómago. Tere vomitaba con frecuencia y en algunos casos perdía el conocimiento.

Se le suministraron analgésicos fuertes, se le prescribió el uso de lentes, se le hicieron estudios que iban desde simples radiografías hasta las resonancias y tomografías disponibles en esa época. La internaron en un hospital de Caracas y en varios centros médicos infantiles, pero la salud de esta adolescente no mejoraba; cada día estaba más delgada y débil. Un mal día, Tere perdió la vista, ceguera total acompañada de una inflamación tal que le produjo exoftalmia, la salida de los globos oculares fuera de sus órbitas. En esa condición la trasladaron de urgencia a un hospital, en donde un neurocirujano le diagnosticó un padecimiento gravísimo: hipertensión endocraneal idiopática. Durante los siguientes diez días vendría una serie de pruebas, medicamentos vía intravenosa y demás esfuerzos por contener la enfermedad, pero Tere no se recuperó; no había luz en sus ojos, ni un mínimo de visión.

La chiquilla que había sido una niña alegre y juguetona ahora estaba extremadamente frágil y recluida en una cama de hospital. Su rostro tenía un color grisáceo y, a pesar de que trataba de platicar y mantener el ánimo, cualquier mínimo esfuerzo volvía a provocarle dolores insoportables. Tenían que alimentarla por medio de sondas y botellas de suero, tenía catéteres clavados en los brazos; su movilidad estaba limitada y la falta de ejercicio le causó estragos: sufría de calambres dolorosísimos, sentía las piernas atrofiadas, no podía defecar y empezaban a formarse llagas en su espalda y sus glúteos. Llegó un momento en el que la invadió una idea terrible: muerta estaría mejor, por lo menos dejaría de sufrir. Se dormía sumida en este pensamiento, anhelando el momento de su propia muerte.

Existen dos tipos principales de ECM: las de quirófano y las del lecho de muerte. Las primeras tienen que ver con personas que técnicamente fallecen, pero que vuelven a la vida; en tanto que las segundas se refieren a las visiones inusuales que experimentan las personas mientras están muy graves o a punto de morir.

En esta condición, sobrevino un problema más: durante una revisión de rutina, la enfermera se dio cuenta de que un catéter se había salido de la vena de Tere y estaba derramando líquido debajo de su piel. Intentó cambiar la vía intravenosa de lugar, pero la inflamación que se había provocado lo hizo casi imposible. Al intentar ubicar un nuevo punto, la vena se rompió; la enfermera lo intentó de nuevo y la vena se rompió por segunda vez. El sangrado interno bajo la piel fue rápido y abundante; Tere empezó a perder la conciencia; los sonidos se iban alejando, las voces de alarma de la enfermera, el grito desesperado de su madre, las alertas de todos los equipos cada vez se escuchaban más distantes. Poco a poco también dejó de sentir los movimientos de las personas que presionaban su pecho, dejó de sentir su entorno, se sintió en paz.

De pronto captó una fuerte luz que se filtraba por sus párpados. Esto le asombró porque hacía tiempo que no podía ver nada. Era una luz diferente a las hirientes lámparas del hospital, muy blanca, pero al mismo tiempo suave, fresca y tan grata que sintió la necesidad de abrir los ojos y mirar. ¡Sí, repentinamente estaba viendo! En esta condición también pudo percibir con intensidad los olores, los colores y los sonidos, pero principalmente le sorprendió poder ver con claridad. Recuperar la vista fue bastante impactante para Tere, pero todavía más lo fue ver su propio cuerpo tendido en la cama del hospital, al igual que su rostro pálido y demacrado. Sintió miedo, sabía que era ella, pero su cuerpo parecía más un cadáver que el de alguien de 14 años, entonces cayó en cuenta de que se estaba muriendo. El miedo aumentó al percatarse de que uno de los olores que percibía era el de su propia orina y excremento; se habían liberado sus esfínteres y eso era una señal de muerte.

En esos instantes también pudo observar a la enfermera en un loco afán por reanimarla, a su madre y a una amiga que estaban afuera del cuarto. Pudo ver detalles como sus prendas y sus rostros, también pudo ver los apuros del personal médico que llegaba, los del código azul. Tere estaba muerta. El médico en jefe dio órdenes con palabras que ella no entendió; lo notó ansioso, mirando el reloj y dando más instrucciones. Después el médico salió de la habitación e instruyó a la mamá de Tere para que fuera a un área determinada del hospital y le trajera algo urgentemente.

La madre salió corriendo, acompañada de una enfermera. Se dirigieron al depósito dentro del hospital para traer lo que había solicitado el médico. Tere abandonó la habitación en forma etérea, como flotando, y acompañó a su mamá en su recorrido, escuchando las voces de pacientes, enfermeras y visitantes, observó los colores y percibió los olores particulares del hospital, distinguió los letreros de señalización en los pasillos y los números en cada una de las puertas de las habitaciones; también sintió la angustia de su madre, su dolor e indefensión.

Mientras seguía a su mamá, una luz brillante y repentina lo inundó todo. Era mucho más brillante que la primera, pero no la lastimaba ni le provocaba incomodidad, excepto que todo a su alrededor desapareció. Ya no estaban su madre, los pasillos ni la enfermera que iba corriendo por delante. Aunque Tere realmente no prestó atención, porque aquella luz era muy grata, a diferencia de la dolorosa luz en sus últimos días con la capacidad de ver, en los que un mínimo rayo le causaba un dolor terrible. Por el contrario, esta luz emanaba calma y Tere experimentó alivio y una gran ligereza. El pensamiento que la había atormentado, la idea de morir, le vino como un recuerdo y pensó que tenía razón, que la muerte era un alivio. Ahora sabía que iba a estar bien, que no tendría más dolor, enfermedad ni sufrimientos; sintió que todo iba a estar bien si se quedaba en la luz.

Inmediatamente se dirigió hacia la fuente de la luz. No caminó, solo se trasladó, y de pronto estaba ahí. Entonces vio que dentro de la luz había personas, varias personas que podía distinguir con claridad. Vio rostros amables que le daban la bienvenida, sin palabras, pero entendió que de eso se trataba, habían venido a acompañarla. En medio de aquellos rostros reconoció uno, el de su abuela paterna, sonriente, cariñosa y dulce como siempre. Ella había fallecido dos años atrás y siempre estuvo preocupada por Tere, quien enseguida fue con ella y la abrazó, entonces, percibió su olor; sí, estaba con su abuela; sintió su cálido abrazo y voz reconfortante. Definitivamente estaba bien y se sentía bien.

Tere sabía que ese era su lugar, su destino; estaba dispuesta a dejarse llevar, era un momento de gran paz. Entendió que había muerto y que ahora sus dolores y limitaciones se habían esfumado.

Hasta que de pronto escuchó la voz de su abuela, o más bien percibió:

—No, mi niña, regresa, aún no es tiempo. Todo va a estar bien.

—Pero, abuela, ya me morí, ya estoy aquí contigo, aquí no me duele nada.

—No, nena, este todavía no es tu lugar, vuelve allá; tu mamá te espera, está muy asustada y necesita que regreses. Ya pronto vas a estar bien.

La abuela le besó la frente y empezó a alejarse. Tere intentó sujetarla, no quería volver a la cama del hospital, pero de pronto estaba absolutamente sola y la luz comenzó a apagarse. Sintió la necesidad de respirar y lo hizo profundamente mientras todo iba desapareciendo; volvió a la oscuridad y experimentó de nuevo los dolores, la sensación de pesadez y un terrible frío. Escuchó los sonidos de los médicos hablando, el ajetreo de las enfermeras y el llanto de su madre que estaba cerca, pero era un llanto de alegría porque su hija respiraba otra vez. Alcanzó a escuchar la voz de la amiga de su madre que rezaba y gritaba a viva voz «gracias al cielo». Tere volvió a respirar; su corazón latía de nuevo. Estaba de regreso y, si bien se contentó al saber que su madre esta vez lloraba de alegría, sintió una nostalgia extraña por el lugar de paz en el que había estado.

El camino no sería fácil, pasarían meses terribles de más dolor y sin poder ver nada, pero tal como la difunta abuela le informó, llegaría a recuperarse por completo. Hoy en día Tere tiene más de 60 años; recuerda muchas cosas y otras las ha olvidado, pero a pesar de todo este tiempo, aún recuerda cada segundo de aquella experiencia y está convencida de que por un momento estuvo en el lugar de los muertos. Y pudo estar bien.

El libro *What Happens When We Die* (¿Qué sucede cuando morimos?) es parte fundamental del proyecto AWARE (del inglés *AWAreness during REsuscitation*, o conciencia durante la resucitación). Su autor es Sam Parnia, profesor asistente de medicina de cuidados críticos en la Universidad Estatal de Nueva York, responsable del proyecto de investigación de resucitación (*Resuscitation Research*), miembro de la unidad de medicina pulmonar y cuidados críticos de la Universidad de Cornell en Nueva York, así como investigador de diversas fundaciones. Su libro informa sobre un estudio científico a nivel mundial acerca de la conciencia durante el trance de la muerte. Los resultados de este estudio son alentadores y un punto de partida para poder afirmar que este no es el único baile que bailamos.

Keneth Ring, doctor y profesor de Psicología, y uno de los más afamados investigadores de las ECM, es autor de los libros *The Omega Project: Near-Death Experiences* (El Proyecto Omega: Experiencias cercanas a la muerte) y *Mindsight: Near-Death and Out-of-Body Experiences in the Blind* (Visión mental: experiencias cercanas a la muerte y extracorporales en personas ciegas), entre otros. Él realizó una investigación acerca de personas con discapacidad visual total que en un trance de muerte recuperaron la vista.

DE REGRESO DEL INFIERNO

Durante los últimos 27 años, Fabiola, una psicóloga clínica y terapeuta argentina, ha apoyado a muchísimas personas a salir adelante de cuadros depresivos, ansiedad, miedos y todo tipo de situaciones psicológicas que requieren de apoyo terapéutico. Podríamos decir que es una persona con una experiencia invaluable y que podría dar cátedra de los hallazgos que ha hecho a lo largo de su carrera, de sus logros y, claro, también de sus fracasos. Pero hay una experiencia que quedó grabada en su memoria. Han pasado ya casi 15 años de aquellos acontecimientos; sin embargo, el recuerdo es nítido.

Todo comenzó con la llegada de un joven a su consultorio en Buenos Aires, un chico de unos 18 años, de apariencia agradable, facciones delicadas, pulcramente vestido y trato amable, pero con un severo problema de depresión que ocultaba bajo una máscara de serenidad y gentileza. El muchacho había tenido conflictos tanto con su padre como con su madre; las peleas dentro del hogar y los constantes altercados que también se suscitaban entre ambos padres lo llevaron a sentirse un hijo no deseado. En consecuencia, lidiaba con un sentimiento de culpa terrible que le generaba severos problemas con su propia imagen. No tenía amigos, no salía de su casa, no tenía mayor contacto social y era tímido en extremo con el sexo opuesto. Probablemente una homosexualidad reprimida lo tenía encerrado en sí mismo. El aislamiento que experimentaba lo llevó a la soledad; esta, a la falta de esperanza y, al final, a la pérdida del deseo de vivir junto con una profunda frustración.

Este cuadro clínico había llevado al chico a consultar a diversos especialistas en salud mental, desde terapeutas y psiquiatras, hasta neurólogos. Pero las múltiples consultas, terapias y medicamentos no habían tenido ningún efecto benéfico y el joven había intentado quitarse la vida en dos ocasiones; en ambas lograron rescatarlo. Los padres, en su desesperación, otra vez buscaron ayuda y mediante la recomendación de unos amigos llegaron hasta Fabiola.

Este no era un caso común de un adolescente deprimido; se trataba de un caso grave: el chico, entre otros padecimientos, presentaba un trastorno límite de la personalidad (*borderline*), que facilitaba que tomara una decisión fatal en cualquier momento.

Fabiola analizó el caso y decidió tomarlo. La idea de perder a un chico con un futuro brillante por falta de apoyo profesional la llevó a aceptarlo como paciente y preparó una estrategia de contención, control, mejoría y seguimiento para su trastorno. Si Fabiola no fuera una especialista en la psique humana, no habría podido identificar en el muchacho su inestabilidad emocional, porque su apariencia no la revelaba, el monstruo estaba oculto.

En un principio parecía haber resultados positivos. El joven asistía con regularidad y de buen ánimo a las sesiones, se sentía liberado al charlar con Fabiola. Entre ellos se generó un vínculo de confianza gracias al cual él pudo hablarle de su vida, de su familia, de sus temores y hasta de su sexualidad. Los días transcurrieron sin sobresaltos. Tenían dos reuniones a la semana y hasta se despedían de beso en la mejilla. No obstante, luego de un tiempo Fabiola supo que, si el chico se iba a romper, el momento estaba próximo; sabía que la máscara de normalidad no era sino eso, una máscara, y que se estaba quebrando. Lo notó en los pequeños detalles: el movimiento nervioso de las manos, la mirada que se escapaba de pronto, el mayor interés por ser agradable y otras microexpresiones que denotaban ansiedad, tristeza y miedo. Fabiola llamó a los padres del joven para pedir que le prestaran más atención, que lo acompañaran y que impidieran que el chico estuviera solo.

Sin embargo, en casa, el comportamiento del chico a claras luces manifestaba una mejoría como nunca la había tenido, pues se mostraba amable, platicaba con la familia y hasta se hacía cargo de cuidar a su hermano menor. Los padres pensaron que la terapeuta exageraba. Prefirieron darle un voto de confianza a su hijo; aunque siendo realistas, todavía era muy pronto para eso, tal como lo dijo Fabiola. Apenas había pasado mes y medio cuando el chico tuvo una recaída terrible, silenciosa, oculta. En cuestión de horas todo aquello que parecía haber mejorado se quebró y lo llevó a atentar una vez más contra su vida.

Fue una tarde en que los padres se ausentaron brevemente de la casa, con la tranquilidad de ver a su hijo tan bien y progresando. Le encargaron que cuidara a su hermano menor mientras ellos iban a atender un asunto. Tal decisión resultó fatal; apenas salieron los padres, el chico dejó a su hermano viendo el televisor, caminó hasta el cuarto de lavado e ingirió una gran cantidad de veneno que previamente había comprado y escondido. No fue un acto impulsivo, sino planeado; los había engañado. Minutos después empezó a sentir un fuerte dolor, luego calambres y empezó a vomitar; la intoxicación le provocó una reacción violenta. Los espasmos lo hicieron patear las cubetas y otros objetos de limpieza que se encontraban cerca, haciendo mucho ruido.

Providencialmente entró al cuarto de lavado su hermano debido al ruido y sin titubear llamó a emergencias. En minutos, los paramédicos estaban en la casa y trasladaron al chico, en condición crítica, al hospital más cercano. Su llegada al hospital generó un enorme movimiento; el personal médico se preparó para realizar un lavado de estómago y para aplicar antídotos y otros medicamentos. El chico apenas mostraba señales de vida y, al entrar a urgencias, un infarto le detuvo el corazón y un instante después, la respiración. Clínicamente estaba muerto, aunque los médicos seguían empeñados en darle reanimación. Por fin, siete minutos después y gracias a los esfuerzos del personal médico, volvió a la vida, pero en estado comatoso. No había certeza de si recuperaría la conciencia, pues aun cuando el veneno era una solución para uso doméstico y, por lo tanto, no tan agresivo, la cantidad y el tiempo transcurrido eran factores en contra de la supervivencia del chico.

Pasarían varios días antes de que recuperara la conciencia. El temor de los médicos era que quedara en estado vegetativo, pero, para su asombro, el chico recuperó la conciencia. Para mayor sorpresa, lo primero que pidió con gran urgencia fue hablar con su terapeuta, Fabiola. La madre estaba desconcertada; el chico, aún con sondas y con una voz que apenas se escuchaba, insistía en hablar con su terapeuta.

Fabiola estaba impartiendo clase cuando recibió el mensaje de urgencia y antes de siquiera poder guardar sus cosas, ya estaba un auto esperándola para llevarla al hospital. En cuanto llegó al hospital, el psiquiatra del instituto médico la interceptó. Como terapeuta del chico, Fabiola podría enfrentar responsabilidades legales; el caso era grave y el psiquiatra recomendaba que se internara al chico en un recinto psiquiátrico por su propia seguridad. Necesitaba que Fabiola firmara la liberación del paciente; a partir de ese momento no sería más su terapeuta. De negarse, podría enfrentar una situación legal bastante grave, porque si el chico volvía a atentar contra su vida, Fabiola perdería su licencia y título, y tampoco podría dar clases ni atender pacientes.

La psicóloga pidió un momento con su paciente antes de firmar el documento que le solicitaban, le parecía un mínimo gesto de atención hacia el chico. Cuando entró a la habitación, la cara del muchacho se animó; en su rostro todavía había lágrimas, pues había llorado desde que despertó. Tenía una mirada que Fabiola nunca le había visto, no era miedo, era algo diferente. Apenas ella se acercó, el chico pidió a su madre que salieran todos y lo dejaran a solas con su terapeuta. Fue un momento muy tenso; los médicos del hospital no deseaban dejar a su paciente así como así; después de todo, el chico había intentado quitarse la vida mientras estaba bajo la terapia de Fabiola. Esto no era algo recomendable, pero a petición de la madre, aceptaron darles privacidad. Una vez a solas, Fabiola aprovechó para explicarle la gravedad de lo que había ocurrido y las consecuencias, entre las cuales estaba el hecho de que ella no sería más su terapeuta. El joven sumamente alterado le suplicó que no renunciara a él como paciente, le prometió que no volvería a ocurrir algo así, le dijo que podía estar segura, que haría lo que le pidiera, pero que no lo dejara. Además, tenía algo que contarle, algo le había pasado que lo hizo cambiar para siempre. En ese momento fue cuando le relató su experiencia cercana a la muerte.

Tras consumir el veneno, al principio sintió dolor, un ardor terrible, espasmos y calambres; la boca se le llenó del sabor más horrible que jamás hubiera sentido y un frío lo invadió como nunca había experimentado. Pero poco a poco sintió una extraña tranquilidad y un pensamiento lo dominó: la satisfacción de haber podido tomar una decisión sobre su vida él mismo. Relató que sintió paz de saber que su depresión terminaba y sintió bienestar; el dolor, los espasmos y el frío habían pasado, no escuchaba nada, no sentía nada, la muerte no parecía estar tan mal.

Pronto todo cambió. Volvió a percibir su entorno y se encontró en un lugar extraño, parecido a una cloaca, un túnel de desagüe oscuro, húmedo y pestilente. Una sustancia cubría el suelo, una especie de barro pegajoso y denso. Raíces colgaban del techo y en las paredes podía ver vagamente cosas que se movían, pero debido a la oscuridad no podía distinguir de qué se trataba.

Alcanzó a percibir que, al fondo de aquel túnel, había una luz amarillenta y tenue. El chico comenzó a caminar en esa dirección mientras continuaba sintiendo a su alrededor todo tipo de bichos moviéndose, alimañas de forma irreconocible, pero que resultaban atemorizantes; los ágiles movimientos y los sonidos chirriantes que producían estas criaturas intensificaron su temor. Por unos segundos se burló de su propia situación: estaba muerto, ¿a qué le podría tener miedo? Pero se equivocó…

Un poco más adelante, el lugar se llenó de sonidos aterradores, lamentos, voces y llantos. Personas suplicantes, personas que gritaban; se podía percibir un gran dolor y él estaba caminando hacia allá. Escuchaba voces de hombres, de mujeres, y sonidos de animales tan intensos que se distorsionaban y no eran diferenciables unos de otros.

Después se encontró en una sala abierta en donde reinaba esa luz amarillenta y un terrible tufo a inmundicia. En medio de aquellos sonidos horrendos había unas figuras extrañas, humanoides, deformes y con gestos extraños moviéndose por las paredes y el piso, acercándose a él desde todas direcciones. A su alrededor continuaban aquellos sonidos que invadían el lugar.

El sitio parecía una sala de juicios, un lugar para sentenciar a las personas, y en él había una especie de juez, cuyo rostro era anormal, extraño y deforme, aterrador.

Sintió claramente cómo aquellos seres se acercaban a él para sujetarlo. Entendió que estaba en el infierno y que ese era su destino. La paz que creyó sentir por haber muerto no era tal; estaba en un sitio en el que el miedo no podía describirse, y mientras miraba a su alrededor con asombro y verdadero pánico, de pronto sintió que algo lo tomaba de los tobillos, lo que le creaba un gran dolor y sensación de fuego; se estaba quemando. Sin poder explicarlo, sabía que estaba en el infierno, pero, era irónico porque, a él no lo habían educado en ninguna religión; no asistió a ninguna escuela religiosa y, aunque hubiera ido, lo último de lo que le habrían hablado sería del infierno. Tal como le relató a Fabiola, él no creía que existiera un Dios, un cielo ni un infierno, nada. Esperaba tras la muerte eso, la nada, desaparecer, dejar de existir totalmente. ¡Pero esto era el infierno! Aterrado por lo que veía y oía, no pudo sino arrepentirse de su torpe decisión. En ese momento, cuando sintió el dolor de la decisión que había tomado, una poderosa voz gritó a su oído:

—¡Corre!

Sin pensar más, corrió en dirección al túnel. Podía sentir que lo perseguían aquellos gemidos y risas de esos seres deformes que lo intentaban sujetar. Sintió un ardor terrible en la parte baja de la pierna, pensó que no podría escapar y, sofocado, siguió corriendo (sofocado fue el término que el chico utilizó). Instantes más tarde, despertó en la mesa del quirófano con los médicos a su alrededor tratando de salvarle la vida. Sintió todo el cuerpo adolorido; el frío le calaba los huesos, pero estaba a salvo. Solo estuvo un momento despierto para enseguida desmayarse y entrar en coma.

Al volver del coma, lo primero que pensó fue en su abuelo, esa fue la voz que había escuchado. Él siempre le tuvo confianza a su abuelo, quien, por cierto, había muerto años atrás.

Después de aquello, el chico salió del hospital y volvió a la terapia con Fabiola. Ella se hizo cargo de su recuperación junto con un psiquiatra y así continuó durante años, hasta que lo dieron de alta. El chico concluyó sus estudios universitarios y ejerció una profesión, pero siempre mantuvo en mente aquel angustiante lugar en donde había estado, sin el más mínimo deseo de regresar.

El sacerdote católico Pío de Pietrelcina, actualmente beatificado, contaba sobre una mujer que lo visitó porque sufría al pensar que su hermana estaba condenada en el infierno. La chica se había quitado la vida saltando desde un puente al río. El padre Pío, sin siquiera haber escuchado el testimonio de la mujer, le respondió para tranquilizarla: «Del puente al río hay suficiente tiempo para arrepentirse». Esta fue una muestra más de las inexplicables habilidades que tenía el religioso.

EXPERIENCIA PARANORMAL COMPARTIDA

Esta historia comienza con Jaqueline, una mujer originaria de la Ciudad de México, que en 1999 tenía 40 años, madre de familia y empleada de una prestigiosa empresa en un cargo gerencial. Como una persona exitosa y con un elevado nivel de responsabilidad, su temperamento era realista y nada proclive a creer en historias o temas paranormales. Si bien profesaba la religión católica, no era practicante. Su vida en general sería un modelo envidiable de estabilidad y bienestar; no le faltaba el auto nuevo cada año, el viaje de aniversario de bodas a Nueva York, las escuelas privadas de los hijos; vaya, una vida sin carencias materiales.

En el programa solemos decir: «Todo iba muy bien» justo cuando vamos a contar que algo terrible ocurrió; y es que la vida es así, cuando crees que todo está muy bien, algo sale mal, y en el caso de Jaqueline, todo cambió diametralmente a finales de diciembre de ese año. Comenzó a sentirse mal, lo que en principio parecía la consecuencia de un fin de año de muchas celebraciones, indigestión y resaca, pero que terminó enviándola de urgencia a un hospital privado. Al ingresar, se determinó que presentaba un problema grave en la vejiga y que la infección había comenzado a dispersarse; tenía septicemia. La intervención quirúrgica para salvarle la vida se programó en solo unas horas; la llevaron a quirófano con suma urgencia. La mantuvieron consciente hasta la mesa de quirófano. Por increíble que parezca, empleó todo ese tiempo para darle instrucciones a su esposo acerca de los pagos pendientes, el alimento que había que darle al perro, los encargos al personal del aseo doméstico, las compras inconclusas y otros pormenores. Ahí en el quirófano comenzaron a aplicarle la anestesia, pero algo falló. Al momento de comenzar a suministrar la anestesia general, la paciente entró de repente en un paro, sin respiración, sin latido cardiaco, estaba muriendo en las manos de un cirujano.

Jaqueline no recuerda mucho de la experiencia como tal, solo haber estado en un lugar tranquilo, sin dolor, sin frío ni calor. Recordaba con claridad que los últimos instantes antes de entrar al quirófano temblaba de frío; era diciembre y afuera soplaba un viento gélido. Recordaba que sus últimas palabras a su hija y a su esposo fueron instrucciones de cómo cuidar al perro y de los pagos que había que hacer; no pudo sino sentirse estúpida cuando se dio cuenta de que estaba muriendo y que, en lugar de decirles algo personal, como lo mucho que los quería o de cómo había sido feliz a su lado, les dio instrucciones para alimentar al perro y pagar las cuentas. Se hundió en su tristeza, pero, a pesar de esa sensación de dolor, de haber gastado sus últimos momentos de vida a lo tonto, en donde se encontraba entonces se sentía muy bien: no había frío, era un ambiente cálido y grato. Conforme pasaba el tiempo, menos abrumada se sentía por aquel pensamiento. Mientras estaba ahí pudo ver a la distancia su cuerpo y al personal médico y de enfermería alrededor. Sintió que se alejaba rápidamente. Sintió tristeza por alejarse de los suyos. Sintió deseo de volver, de no morir, porque, siendo una persona en extremo racional, en ese momento entendió que había muerto.

Hasta que, de pronto, una voz fuerte, ronca y áspera, pero al mismo tiempo cariñosa y ciertamente familiar, le dijo:

—No, Jackie, no es tu tiempo; tienes que cuidar de Benny hasta que pueda ir por él. Ahora vuelve. Recuerda que te quiero.

Acto seguido y tras escuchar esa voz, Jaqueline volvió a sentir frío y un dolor indescriptible. Estaba en el quirófano y había vuelto a la vida, estaba consciente y durante unos instantes pudo sentir el dolor de la vejiga y en el pecho por el desfibrilador, así como la sensación de náuseas. Le aplicaron sedantes y pudo volver a dormir. Había sufrido una reacción a la anestesia. Por fortuna, controlaron el efecto y salió adelante. Todo sucedió en el lapso de apenas un minuto, aunque a ella le pareció mucho más largo.

Al volver plenamente a la conciencia, pudo recordar con claridad la voz y el mensaje. Era la voz de su padre, muerto unos meses atrás. Él era el hombre fuerte de la familia, siempre al pendiente de todos, siempre cuidando y atendiendo, en especial a Benny, sobrino de Jaqueline y nieto de su padre. Benny era un chico con discapacidad intelectual cuyo padre lo había abandonado y su madre se había refugiado en el trabajo, descuidándolo. El abuelo se había hecho cargo no solo de sus necesidades económicas sino de las afectivas. Lo cuidó, lo educó, lo llevó a sus clases especiales y vio por él mientras su madre buscaba rehacer su vida. El abuelo fue padre y madre, porque la abuela había fallecido cuando Benny era muy pequeño.

Al salir del hospital, Jaqueline tendría muy presente todo lo vivido en aquel instante que su corazón dejó de latir. Se convenció de que la muerte no es el final, de que hay algo más allá. Su perspectiva de la vida cambió de manera radical; se volvió una persona mucho más espiritual y dejó un poco de lado las cuestiones puramente racionales; comenzó a apreciar más cada minuto junto a sus seres queridos. Y, en definitiva, no volvió a dar instrucciones sobre cómo alimentar al perro; a partir de entonces aprovecharía cada palabra para hacer sentir bien a sus seres queridos. Se podría decir que todo cambió para bien.

La vida siguió su curso. Jaqueline se había repuesto por completo y cumplió con cuidar a Benny y todas sus necesidades. Pero el chico tenía la salud muy comprometida; además de la discapacidad intelectual, era diabético y presentaba otras afecciones físicas y cognitivas. En el año 2000 tuvieron que llevar a Benny al hospital en varias ocasiones y, a mediados de 2001, lo internaron debido a un cuadro grave de salud.

Una doctora le informó a Jaqueline que las posibilidades de Benny de salir del hospital eran muy pocas, ya que su organismo había comenzado a fallar de forma multiorgánica. A pesar de los esfuerzos, no había esperanza. Ante la noticia Jaqueline se sintió muy indispuesta, le molestó la idea de que todo el esfuerzo del chico por superarse, por hacer una vida, por aprender, ahora se veía cortado por la herencia genética de un padre ausente.

Desesperada y molesta, Jackie caminó de regreso a la habitación, pero decidió no entrar. Quería tomarse un momento para pensar y asimilar la devastadora noticia que le habían dado. Se sentó en la salita de espera del pabellón de habitaciones, en el pasillo. Era un momento muy doloroso, no pudo sino taparse la cara con las manos y respirar profundamente mientras cerraba los ojos tratando de contener las lágrimas.

Segundos después, repuesta y lista para dar su mejor rostro a su querido sobrino, levantó la cara y miró al frente, tan solo para sorprenderse: su padre estaba sentado en otro sillón, sonriendo, como si no pasara nada, como si Benny no estuviera en su lecho de muerte. Jaqueline pensó: «¿Qué le pasa a mi papá?, ¿cómo puede estar tan sonriente mientras su nieto está tan grave?, qué desconsiderado».

Ese pensamiento duró un segundo apenas; al instante, Jaqueline cayó en cuenta de que su padre había muerto, ¡pero lo estaba viendo ahí con ella! Al parpadear, la imagen desapareció. Jackie quedó atónita, había visto un fantasma; se asustó, nunca le había ocurrido algo así. Nerviosa, decidió entrar a la habitación y acompañar a Benny mientras pensaba qué otras opciones había para ayudarlo, quizá en otro hospital o en el extranjero, algo se podría hacer…

Al entrar, contrario a lo que suponía, vio a Benny contento, sonriente y hasta con un semblante mejorado. Contenta, se acercó y le tocó la frente: la fiebre había desaparecido y él se veía notoriamente animado.

—Benny, qué bueno que estés bien, que estés alegre. Sigue así y volverás a casa muy pronto.

La miró con esos ojos bonitos de cuando estaba contento. Sonrió y le dijo:

—No, tía, no voy a volver a casa; ya vino mi abuelo y me voy a ir con él, me está esperando.

—Pero, Benny, qué cosas dices, ya vas a estar bien, verás que sí.

—El abuelo te dice gracias, gracias por cuidar a Benny.

Jaqueline no había olvidado ni por un momento la promesa que hizo mientras estuvo muerta de cuidar a Benny. Entonces supo que era el final. Un rato después de aquella plática, Benny se quedó dormido con una sonrisa en los labios y emprendió el camino, seguramente al cielo, en compañía de su amado abuelo.

Lo más impactante de este caso es que tanto Benny como Jaqueline habían visto al abuelo.

El caso de Jaqueline resulta en especial revelador, ya que durante los años siguientes su creencia en la supervivencia de la personalidad después de la muerte se afianzó. Al haber estado en el lecho de muerte, pudo desarrollar un don de mediumnidad muy peculiar: podía percibir la presencia de personas fallecidas recientemente y, en algunos casos, verlas con claridad. De acuerdo con lo que ella misma relató, después de la experiencia vivida con su padre tuvo varias experiencias similares, aun con personas desconocidas con las que pudo interactuar.

En las ECM de lecho de muerte, a diferencia de las de quirófano, la persona está consciente cuando la experiencia ocurre y generalmente va acompañada de una visión de gente que solo ella puede ver. Asimismo, la persona de la visión revela detalles que están fuera del alcance del paciente y que no tiene forma de conocer.

Más aún, las visiones en el lecho de muerte pueden ser de seres queridos, personajes místicos o seres angelicales, dependiendo de la creencia cada persona; por ejemplo, desde santos y ángeles hasta Buda, Jesucristo o Mahoma. Las visiones anteceden un fenómeno peculiar conocido como *lucidez en el lecho de muerte*, en donde la persona presenta un sorprendente proceso de claridad mental, antesala de la muerte. Durante este periodo de lucidez, la persona tiene oportunidad de arreglar asuntos, de despedirse y de relatar su experiencia.

UN MENSAJE DEL MÁS ALLÁ

Era sábado a la 1:28 de la madrugada cuando sonaron las alarmas en el pabellón de oncología. La paciente de la cama número ocho había entrado en paro cardiaco. Pero nadie vendría corriendo, no habría un código azul ni esfuerzos por reanimarla. La paciente estaba en cuidados paliativos y se sabía que solo esperaban el final, tenía cáncer de seno con metástasis avanzada. Partió en paz y tranquila, en compañía de su hijo Luis. Había sido un largo y doloroso camino de tratamientos, medicamentos y terapias dolorosas que la habían llevado a la desesperación. Pidió que no la intentaran reanimar por ningún motivo y que la única persona que estuviera junto a ella fuera su hijo. Según sus propias palabras, había tenido una vida plena, buena, larga y llena de momentos hermosos; no tenía miedo de morir.

El día anterior a mediodía, los informes médicos ya avisaban de su inminente muerte. El cuerpo de aquella gran mujer estaba debilitado; sus órganos fallaban y no había nada que hacer; sin embargo, la paciente estaba de buen ánimo, se le veía jovial y lúcida, a pesar de los intensos dolores que había sufrido a lo largo de la mañana. Estuvo hablando animadamente con su hijo Luis y con unos familiares que la visitaron. Había comido y tenía algo de color en las mejillas. Cerca del mediodía había regresado su hijo y continuaron platicando.

A su lado, su hijo sentado en una silla la escuchaba cuando ella preguntó:

—¿Sabes por qué no me puedo morir?

—Porque te vas a curar, mamá, y nos vas a acompañar muchos años más.

—No, ¡qué va! Ya me estoy muriendo, pero no puedo por ellos, los que están a los pies de mi cama. Ellos dicen que aún no.

—¿Quiénes son ellos?

—Tu abuela y tu difunto tío ahí me están esperando. ¿No los ves? Dicen que aún tienen que darle a alguien un mensaje importante, pero no me dicen a quién.

Evidentemente, a los pies de la cama no había nadie, pero no tenía caso contradecirla, así que Luis siguió platicando tranquilamente. Un rato después llegó otro de sus parientes, un tío; venía de muy lejos y además era un personaje muy peculiar; siempre había sido el espiritual de la familia, el que practicaba santería y leía los caracoles para saber el futuro. A veces llegaba vestido de blanco y oliendo a hierba quemada porque había ido a curar a alguien. ¡Vaya que era un personaje extraño! Pero a la vez era una persona querida y tenía una gran conversación, extraña pero interesante. El pariente aquel se acercó a la enferma con la intención de poner sus manos sobre su frente y quizá hacer una oración, pero de repente le cambió la expresión en el rostro, se veía turbado, se podría pensar que hasta asustado. Rápidamente saludó, dijo unas palabras breves y se retiró. Eso fue desconcertante porque había venido desde muy lejos a visitarla y había prometido quedarse mientras el hijo iba a resolver algunos asuntos a la administración del hospital, pero de pronto salió a toda velocidad del pabellón.

Luis salió enseguida detrás de su tío y lo alcanzó en el pasillo. Le tomó la mano y le preguntó qué había pasado y por qué no se quedaba un rato más. El tío espiritual se le quedó viendo y solo comentó que debía irse para atender algo y se disculpó. Pero aunque al inicio negó cualquier situación extraña, ante la insistencia de su sobrino, terminó reconociendo que a los pies de la cama había visto a la madre de la paciente y a un tío muy querido; si bien ambos habían fallecido hace mucho. Cuando Luis le preguntó si le dijeron algo, el tío no quiso comentar nada más; se le veía un poco sudoroso. Luis insistió, pero ya no habló más al respecto y el tío salió del hospital apurado.

Durante la madrugada del sábado, la señora falleció, con el semblante en calma, a decir de Luis. Solo respiró con fuerza, luego exhaló de forma prolongada y suave, y se fue. Por más que uno se prepare para estos eventos, nunca deja de doler, y Luis se sintió más triste y solo que nunca. Tenía ya todo preparado, la agencia funeraria, la cripta, todo, y la iba a acompañar hasta que la sepultaran.

Al funeral llegaron todos los parientes conocidos y algunas amistades. Fue un evento bullicioso, lleno de comentarios positivos acerca de la señora, pues era una persona muy querida y que había hecho mucho bien. El sacerdote celebró una misa y bendijo a la concurrencia. Poco después de terminada la misa, apareció el tío misterioso de la santería y los caracoles, se acercó al ataúd y dijo unas palabras en voz muy baja, colocó un ramo de flores e hizo unas reverencias, luego se acercó a Luis. En ese momento, al fin le reveló lo que le había impresionado en el hospital al grado de huir.

Durante su visita, había visto a los pies de la cama a la abuela y al tío fallecidos, quienes esperaban a la mamá de Luis para acompañarla en su partida, pero al verlo llegar, sus rostros cambiaron, se pusieron severos y molestos. Por un momento sintió que le dirían algo, pero no, solo lo miraron fijo hasta que de pronto movieron los ojos a un costado de él. Cuando el tío volteó para ver qué veían ellos, pudo distinguir que junto a él había un ser horrendo, con apariencia de animal, pero erguido como un ser humano, algo así como un demonio. Por eso salió aterrado, porque le habían mostrado el aspecto real de quien él consideraba su guía espiritual. Después de eso, tuvo que replantearse a quién solicitaba ayuda cada vez que hacía las sanaciones o leía el futuro. No dejó de ser un hombre espiritual, pero prefirió buscar la protección en lo alto. El mensaje había sido dado y la abuela y el tío fallecido finalmente pudieron partir.

Elisabeth Kübler-Ross, psiquiatra, psicóloga y experta en el tema del duelo tras la muerte de un ser querido, además de terapeuta de cuidados paliativos e investigadora de diversos hospitales y universidades, se interesó profundamente en el tema de las ECM al tratar a pacientes terminales. Documentó numerosos casos en los que el paciente relataba estas visiones, con vastas coincidencias con la investigación de Raymond Moody, doctor en Psiquiatría y uno de los pioneros en el campo de las ECM.

VI
LOS RELATOS MÁS EXTRAÑOS

EL SÚCUBO, UN ENCUENTRO MORTAL

Dentro de la fenomenología paranormal, además de fantasmas, hay otro tipo de presencias, desde ángeles y seres elementales (duendes, hadas, gnomos, ondinas, etc.) hasta demonios. Estos últimos con una variedad tan amplia que sería inútil tratar de enumerarlos, pero todos ellos considerados como un peligro para los seres humanos, porque, de acuerdo con las creencias religiosas, inducen a alejarse de la fe y a inclinarse hacia el pecado; además, en algunas ocasiones el daño que infringen no solo es espiritual, sino físico, puesto que pueden afectar este reino en el que usted y yo estamos.

Una experiencia enmarcada en este contexto nos fue confiada en los primeros años de nuestra carrera en la radio. La estación estaba ubicada en la capital del estado de Puebla y tenía alcance no solo en esa ciudad, sino en algunos municipios vecinos, en uno de los cuales sucedió este caso. Aunque no compartiré los detalles específicos, en su momento nos fueron confiados y una persona muy cercana a la víctima de este ataque demoniaco fue a la cabina, con el fin de narrarnos con precisión lo ocurrido. En ese entonces nos impresionó tanto que aún hoy, a tantos años de distancia, lo seguimos recordando.

Todo comenzó en 1998, con una velada entre amigos y parientes en una casa particular, la de la tía Sara, donde con frecuencia se reunía la numerosa familia: tías, primos, abuelos, sobrinas, parientes políticos y hasta los infaltables «colados», que aunque no los invitaran los recibían con hospitalidad. Un detalle curioso es que en estas reuniones no solía beberse alcohol; varios miembros de aquella familia pertenecían a una religión que lo prohibía; en cambio, no faltaban los chistes, las risas y las canciones; la mitad de ellas eran alabanzas, pero con todo y eso, el ambiente se ponía bueno.

La fiesta estaba a reventar. Aunque la casa era grande y tenía un jardín enorme, la familia lo era más. Apurada en la cocina, la tía Sara preparaba plato tras plato para servir a los invitados. Sus hijas le ayudaban y su esposo platicaba con las demás personas. Mientras tanto, al fondo del jardín, en lo que había sido un cuarto de servicio, ocurría algo diferente, algo emocionante. Alguien había invitado a un amigo que hacía trucos de magia, pero no, no se confunda, no era una fiesta infantil y no había payasitos, se trataba de algo diferente. Este hombre estaba sentado en un sillón y quienes lo rodeaban le hacían preguntas, como: ¿quién fue mi primer novio?, ¿cuál es mi segundo nombre?, ¿qué estoy pensando ahorita? o ¿qué palabra tengo en la mente? Él respondía con mucha precisión y una claridad asombrosa.

No eran preguntas trascendentales ni críticas, pero resultaba divertido, en especial porque aquel amigo no era parte de la familia, ni siquiera cercano; alguien que era su compañero de trabajo en una empresa común lo había llevado, así que resultaba inusual que fuera tan certero al responder las preguntas. Tras la cena, esta dinámica se puso más emocionante, pues comenzaron las preguntas íntimas:

—¿Dónde quedó aquel reloj que me dieron a los 15 años?, nunca lo encontré.

La respuesta fue rápida y específica:

—Ella te lo robó porque le gustaba mucho y quería usarlo en una fiesta, luego no se atrevió a devolvértelo, todavía lo tiene.

Lo incómodo fue que «ella» estaba ahí mismo, sentada junto a la chica que había preguntado. Con lágrimas en los ojos confirmó lo dicho por aquel adivino improvisado.

—¿Qué traigo en la cartera que no quiero que nadie vea?

—Una foto de tu novia, con la que terminaste.

—¿Por qué terminamos? ¿Vamos a volver?

—Tiene otro novio y prefirió quedarse con él. Se llama Santiago y es un amigo tuyo de hace años. No, no van a volver, ella está esperando un hijo de él y se van a casar.

El joven que preguntó aquello quedó consternado, pero no tenía forma de confirmar esa información en ese momento, así que se limitó a sonreír y dejar el turno de preguntar a alguien más.

Aquello no se veía nada bien, porque después de las preguntas cómicas vinieron las interrogantes comprometedoras. Por ejemplo, una mujer preguntó algo sobre su marido, si bien él estaba sentado junto a ella.

—¿Me ha sido infiel mi marido?

—Sí, muchas veces. —Al marido esto no le hizo gracia. Se levantó amenazante para golpear al adivino, pero antes de que pudiera, el adivino adelantó—: Ella —y señaló a otra chica— lo sabe bien, porque estuvo contigo varias veces.

Aquello terminó mal. Hubo gritos, ofensas y llanto. La chica aludida reconoció que era cierto que habían engañado a la prima y que además sabía de varias infidelidades más de ese hombre. Las personas involucradas en esos incidentes se retiraron muy molestas de ahí. El adivino no se movió de su lugar.

Entonces vinieron otras preguntas catastróficas: ¿quién se va a morir primero?, ¿se va a curar la tía Aurora?, ¿va a nacer bien el bebé que viene en camino?

Las respuestas fueron horribles; el adivino parecía ensañarse con quienes más temor tenían. Pronto alguna de las tías se puso enérgica y acabó con esa sesión de adivinación. El invitado no era más bienvenido en la casa y tendría que irse. La tía le dijo que en esa familia no aceptaban adivinos, no practicaban necromancias ni cosas demoniacas. Fue un momento muy tenso y, aunque el sujeto se marchó, dejó a una mitad de la familia peleada con la otra, un matrimonio desecho y los nefastos presagios de que el padre de familia moriría a corto plazo y el bebé por nacer tendría síndrome de Down. Hubo muchas lágrimas esa noche.

Entre los que estuvieron haciendo preguntas hubo una persona que tomó nota de todo, porque le causó mucha curiosidad lo dicho: el joven que había preguntado si volvería con su novia. Su nombre era Abraham y anotó cada revelación y profecía con la intención de luego investigarlas y comprobar si eran ciertas. Mientras estuvo ahí con el adivino, tuvo una sensación muy fea, entre miedo, asombro y algo peor, la sensación de que los acompañaba algo más que no podía ver ni tocar. Sin poder explicarlo, sabía que una presencia poderosa estaba ahí.

Días después, Abraham pudo constatar algunas de las informaciones que les dio el adivino. Primero, que su exnovia y su amigo Santiago sí estaban juntos, que ella esperaba un bebé y que tenían planes de casarse. Segundo, que el matrimonio aquel se separó al confirmarse que el marido había sido infiel con varias integrantes de la familia. Pasados dos meses, el anfitrión de la fiesta murió tras un derrame cerebral severo y finalmente el bebé referido nació con síndrome de Down. Muchos otros de los detalles que reveló el peculiar mago se comprobaron uno por uno. Abraham pensó que algunos podrían ser por obra de la casualidad, otros porque de algún modo aquel hombre conocía a algunas de las personas presentes en aquella reunión, pero había otra información que no tenía forma de saber y que, sin embargo, la había revelado con exactitud. Abraham recordaba aquello con asombro y temor. ¿Cómo podía saber cosas que ninguno de ellos sabía?

Tiempo después, Abraham casualmente se topó con el adivino, en una reunión ajena por completo a la familia. De pronto, al entrar, ahí estaba, y otra vez adivinaba el futuro de los asistentes, develaba secretos y causaba revuelo, igual que en la casa de la tía Sara. Ponía al descubierto cosas ocultas a diestra y siniestra causando conflictos y verdadera molestia entre su público improvisado. De nuevo hubo gritos, llanto, amenazas e intentos de golpes. Tal como en la cena de la tía Sara, cuando un valentón se acercó a querer golpearlo, el adivino simplemente reveló algo nuevo y el tipo se alejó en silencio tragándose todo su enojo.

En medio del alboroto, Abraham se acercó, saludó cortésmente y preguntó:

—¿Cómo lo haces?, ¿de dónde recibes esa información?

—No quieres saberlo, créeme que estás mejor así.

La respuesta no hizo más que incrementar la curiosidad de Abraham. ¿Por qué no había hecho público ese don?, fácilmente se habría hecho millonario. Abraham siguió insistiendo hasta que el adivino pareció ablandarse y le contó su secreto.

Meses atrás había conocido a un hombre que leía el futuro, el pasado, el pensamiento y las intenciones; se hicieron amigos y en algún momento le compartió de dónde provenía esa capacidad sobrenatural. Aquel hombre tenía un súcubo que respondía a todas las preguntas a cambio de que las respuestas provocaran conflictos y llevaran a las personas a enfrentarse. El adivino continuó relatando que aquel sujeto le confió que lo único que tenía que hacer era pensar en el nombre del súcubo para que se presentara, listo para responder a lo que quisieran preguntar. Para este nuevo adivino eso sonaba bien; emocionado, siguió indagando y pidió que le revelara el nombre de aquel ser, sin saber en realidad lo que era un súcubo. Por supuesto, el primer adivino sonrió y le dijo el nombre del demonio, sin aclarar que, al comunicárselo, lo estaba entregando, lo estaba condenando porque así se pasaba la estafeta de esa maldición. Tampoco mencionó que un súcubo es un demonio sexual que ataca a los varones por la noche y que poco a poco se lo acabaría, lo desgastaría hasta quitarle la vida; a menos que le transmitiera el nombre a alguien más. Quizá así quedaría libre, pero no había garantía de ello.

Hasta aquí, parecía una narración fantástica, pero el adivino problemático se veía bastante convencido, así que continuó con su relato. Abraham lo escuchó con atención. Dudó por un momento en lo que iba a hacer, pero al mismo tiempo le entusiasmaba verse a sí mismo siendo popular, famoso, como Walter Mercado o algún otro adivino similar; así que se atrevió a preguntar el nombre del súcubo. Si bien el adivino le advirtió lo que pasaría, también le informó que ese ser era un demonio femenino, celoso, terrible y avaricioso, que no lo dejaría ni a sol ni a sombra y que él iba de reunión en reunión provocando problemas porque así mitigaba un poco los ataques que sufría, pero que, aun así, aquello lo estaba acabando, Abraham no pudo pensar; algo le nubló la razón, porque insistió en conocer el nombre. Y sí, aquel sujeto se lo reveló.

Esa misma noche, aterrado, experimentó el ataque de un súcubo. No fue algo grato, fue devastador, doloroso, gélido. Tuvo la sensación de estar en el infierno y al mismo tiempo de estarse congelando. No hubo placer alguno, todo fue tan grotesco y lacerante que, al amanecer, se encontraba terriblemente mal, agotado y con un malestar que no era solo físico, sino interno: algo lo había dañado por dentro, en el alma. Los días siguientes fueron terribles, tan aterradores que pensó en quitarse la vida. No había pasado ni una semana de haber escuchado el nombre del súcubo y ya estaba buscando cómo acabar con su existencia. Pero el demonio no lo dejaba, lo tenía dominado hasta el punto de que no podía tomar decisiones por sí mismo.

¿Cómo era? Sí, lo pudo ver, se lo describió a la tía Sara: un ser de gran altura, oscuro totalmente, con una especie de cuernos y la piel resbalosa, y olía muy mal. Pero también podía ser un animal grande, una mujer sensual con una piel horrible, una mujer con lengua bífida o un demonio en toda su magnitud. Cada noche era algo diferente. Aparecía solo con pensarlo, y era imposible no pensarlo, simplemente el miedo lo llamaba.

Antes de dos semanas, Abraham estaba en los huesos, sudoroso, gris, con un sabor de boca a hierro y los ojos hundidos. Fue a una iglesia católica, donde pidió que hicieran oración por él, pero resultó peor: esa noche el ataque fue más doloroso. Luego fue a la iglesia a la que iba su familia, de una religión diferente, pero tuvo el mismo efecto. Buscó a un brujo, pero no quiso ni verlo, pues le aseguró que lo que traía estaba muy por encima de lo que él podía hacer. No se atrevía ni a verlo.

Al paso de un mes, a Abraham le costaba trabajo caminar. La tía Sara lo fue a ver, pero el muchacho no podía relatarle lo que estaba viviendo; cada vez que trataba de hacerlo, había un bloqueo en su mente; intentaba, pero no le salían las palabras. La tía Sara era una mujer de fe y que sintió que algo no estaba bien, así que hizo oración. Durante mucho rato estuvo orando por él, pidiéndole a Dios que lo ayudara. Solo así pudo Abraham contar su experiencia, pero en definitiva no se libró de aquello. Entonces la tía Sara acudió con un pastor para pedir ayuda. Intentaron liberarlo, pero para hacerlo, alguien más tendría que pasar por lo mismo. Abraham se negó, no le haría esto mismo a nadie, no transmitiría esa maldición; aceptó su destino y seis semanas después de aquel encuentro, murió, sin que se pudiera hacer algo por él. Se llevó el nombre a la tumba y al súcubo al infierno.

¿Por qué nos contaron algo así de extraño? ¿Cuál era la finalidad de que alguien se animara a visitarnos en la cabina y relatarnos algo así? Quizá precisamente advertirnos del riesgo en que nos estábamos metiendo si dejábamos que cualquier persona hablara ante el micrófono. Poco después ocurriría el incidente de la mujer y las voces que relaté capítulos antes, y años más tarde el incidente en el mensaje grabado. Me pregunto si a otros comunicadores del misterio les habrá ocurrido lo mismo; por ejemplo, a Juan Ramón Sáenz, locutor de *La mano peluda*, y tantos otros. Pienso que quizá sí tengo un gran ángel que me acompaña.

Súcubo, del latín *sucubare*, significa «la que yace abajo». Es un demonio de apariencia femenina, aunque según la antigua creencia, los ángeles y los demonios no tienen género, solo lo aparentan para engañar y hacer pecar a los seres humanos. Se dice que el primer súcubo fue Lilith, la primera mujer de Adán, mencionada en el *Génesis*, y posteriormente reemplazada por Eva debido a que no se dejó someter por el varón y fue condenada a vagar entre las bestias hasta que terminó convertida en un demonio.

En muchísimas culturas existe la idea de un demonio femenino, como en la antigua Babilonia, Persia, Acadia y Mesopotamia, entre otras. Se han descubierto numerosas estatuas que hacen alusión a ello, con diferente nombre, pero con características similares.

LA BAILARINA DE LA CARRETERA

Dentro de los relatos de fenómenos paranormales, hay un tipo en particular que se ha convertido en leyenda urbana, que, de tanto contarse, ha perdido en buena medida su credibilidad. Me refiero a los relatos de carretera. ¿Quién no ha oído hablar del amigo de un amigo que subió a su auto a una chica en cierto lugar y luego descubrió que en realidad había llevado a una pasajera fantasma? Hay tantas variantes como personas que lo narran y probablemente solo sean relatos para entretenerse con amigas y amigos, charlas de temas paranormales que en realidad no tienen mucho sustento. Sin embargo, no todos los relatos de carretera tienen que ser fantasiosos o falsos; en ocasiones entrañan algo más, que no entendemos y que por lo mismo nos resultan increíbles.

El testimonio que comparto a continuación nos fue relatado en 2007. No estoy seguro de la fecha, pero me lo confiaron durante un encuentro entre radioescuchas y un servidor. Durante esa reunión las personas se acercaban y participaban compartiendo sus experiencias y generando una convivencia muy digna de recordarse. En aquella conversación un hombre se acercó para relatar lo que le había ocurrido a él, su esposa, su cuñada, tres de sus hijos y dos de sus nietos. Todos ellos estaban presentes y confirmaron lo que el padre de familia nos narró.

El relato comienza en octubre de 1999 con un viaje familiar común. Los miembros de aquella familia viajaban del Estado de México hacia la población de Villa Ávila Camacho, cerca de la ciudad de Huauchinango, en los límites de Puebla con el estado de Veracruz. El objetivo era visitar a unos familiares y pasar unos días por allá. Viajaban en la camioneta familiar, una *pick-up* adaptada con un cámper que permitía llevar a nueve personas cómodamente. Por ello decidieron llevar también a la cuñada y a los demás parientes. El viaje era largo y las rutas en aquel momento no eran autopistas sino carreteras federales, un carril de ida y uno de regreso. Arrancaron una vez que los hijos salieron de trabajar, así que quizá salieron de casa poco después de las ocho de la noche, ya en total oscuridad.

El traslado transcurrió de forma tranquila hasta llegar a Tulancingo, donde descansaron un momento, repostaron combustible, y compraron algo para comer y café. Retomaron su viaje más o menos a las once de la noche. Faltaban al menos dos horas para llegar a su destino, tomando en cuenta la oscuridad y lo complicado de la ruta, un camino antiguo, lleno de curvas y despeñaderos; además, se trataba de una ruta de montaña en la que había muchísima vegetación y neblina, lo cual complicaba más el viaje. No obstante, todos iban despiertos y en buenas condiciones. Cabe mencionar que todos los integrantes de esa familia eran miembros de la iglesia de los Testigos de Jehová, por lo que ninguno de ellos tomaba alcohol ni fumaba. El conductor había dormido durante la tarde para poder manejar con atención.

Pasada la medianoche, los más pequeños se quedaron dormidos en la parte trasera de la camioneta. Al frente, en el asiento corrido de la *pick-up*, iban el conductor, su esposa y su cuñada, y, asomado por la ventana de la cabina, a través de la cual se comunicaban con el cámper, iba uno de los hijos, platicando. La neblina había caído ya y al pasar por Huauchinango la visibilidad se había reducido. Pensaron en quedarse en algún paradero para esperar que se disipara la neblina, pero el chofer había manejado esa ruta en las mismas condiciones muchas veces, así que, confiado, encendió los faros de niebla y avanzó. Llegaron a Xicotepec de Juárez, otra ciudad que está en la ruta y que pasaron sin novedad. A partir de ahí hay una zona especialmente complicada por las curvas de la carretera y solitaria, la zona del cajón. Ahí fue donde tuvieron el encuentro paranormal.

Al ir bajando, de pronto la niebla se cerró totalmente y, a pesar de las luces amarillas instaladas al vehículo, no se distinguía el camino sino una total blancura, no venía ningún automóvil de frente y tampoco detrás de ellos, iban como si anduvieran solos, como flotando entre las nubes. Los cuatro miembros de la familia que iban despiertos se inquietaron un poco, pero el conductor conocía bien ese camino y sabía que a los lados hay precipicios, así que bajó la velocidad al mínimo, activó las luces de emergencia y bajó el cristal de la ventana para poder ver desde ahí la línea central de la carretera que divide los carriles. Les pidió a las mujeres y a su hijo que vigilaran al frente y atrás por si se aproximaba otro auto, para frenar a tiempo. Es posible que fueran a veinte kilómetros por hora; insisto, la sensación era como de flotar.

Fue en ese momento cuando, de pronto, en medio de aquella extraña sensación en la que reina el silencio y tan solo se escucha el motor del vehículo, la cuñada alertó sobre la presencia de algo en el camino. Todos miraron al frente y apenas distinguieron la figura de una persona entre la niebla. El conductor frenó de golpe pensando que alguien se había cruzado frente a ellos, pero un instante después no había nadie ahí, solo la neblina. Continuó avanzando. Para entonces ya se había incorporado el otro hijo; el frenado intempestivo lo despertó y se puso a vigilar al frente. De nuevo el conductor pidió que le avisaran de cualquier cosa que vieran, él iría siguiendo la raya del pavimento por la ventanilla. En este punto todos recuerdan haber sentido un frío intenso, a pesar de haber encendido la calefacción de la camioneta. Aquí vale la pena hacer notar que, en esa zona, en esa época del año, es muy común el frío, es una zona de montaña; sin embargo, todos recuerdan haber sentido un frío inusual.

Siguieron avanzando a no más de veinte kilómetros por hora, cuando de nuevo uno de los miembros de la familia alertó que había algo al frente. De nuevo, el conductor frenó el vehículo y levantó la vista. Frente a ellos, a unos metros, había una persona en medio de la niebla; solo se vio una silueta que se movió y desapareció. Volvieron a avanzar lentamente. Entre ellos reinaba una sensación de peligro, de estar en riesgo. No sabían por qué había personas cruzando la carretera de esa forma, como si no vieran aproximarse el vehículo; la camioneta tenía poderosas luces, tanto las originales como las adicionales adaptadas para la neblina. Avanzaron de nuevo a baja velocidad, hasta que minutos después volvieron a ver a alguien en la neblina, frente a ellos. Esta vez el conductor no frenó y no levantó la vista, siguió avanzando despacio mientras miraba la raya del pavimento para no salirse del camino. Solo se limitó a preguntar sobre lo que estaba ocurriendo. La respuesta fue por demás extraña:

—Hay una mujer bailando frente a la camioneta.

—¿Qué dijo tu mamá?

—Que hay una mujer bailando frente a la camioneta. Yo también la veo.

El conductor volvió a preguntar qué era lo que veían, pero recibió la misma respuesta, que era muy absurda. En una solitaria carretera de montaña, a muchos kilómetros de la población más cercana, con un frío como nunca habían sentido, ¿cómo podría estar frente a ellos una mujer bailando? Ciertamente el conductor imaginó que sería la neblina que estaba engañando los ojos de sus familiares, así que continuó manejando sin parar.

Instantes después su esposa y su cuñada comenzaron a entonar himnos de alabanza al Señor y a hacer oración. Más que temor, sus voces revelaban pánico. El conductor se limitó a decirles que se tranquilizaran, que solo era la neblina moviéndose con el viento, que no se dejaran engañar, que eso pasaba con frecuencia en esa carretera. No hubo respuesta, pero la voz del hijo mayor se unió a la oración y segundos después, la del hijo menor. Sacando la cabeza por la ventanilla, el conductor no quitaba la vista de la línea del pavimento; curiosamente, a él no le parecía que hiciera tanto frío como decían los demás.

A pesar de sus explicaciones, las voces de las mujeres y los hijos seguían dejándose escuchar fuerte, con intensidad, como si en realidad estuvieran viendo algo. El conductor insistió en que solo era la neblina, que no se asustaran. Además, ya estaban cerca de la población, ya faltaba poquito. Pero los demás seguían en oración. Para este punto, el conductor metió la cabeza al auto y miró hacia el frente, entonces entendió por qué todos estaban orando y cantando himnos. Frente a ellos, había una joven de cabello largo y vestido ligero blanco bailando delicadamente. Como si fuera una bailarina de ballet, movía los brazos con delicadeza y nada más; no había piernas, la figura apenas llegaba debajo de la cintura y se desvanecía, pero su rostro era claro, era una chica joven de facciones finas y cejas tupidas. La joven bailaba flotando enfrente de la camioneta mientras avanzaba.

Por supuesto que el conductor, quien había sido chofer de tráiler, dejó de lado las oraciones y los himnos, y lo único que se le ocurrió fue recitar todas las «linduras» que había aprendido con sus años de trailero, mientras volvía a sacar la cabeza por la ventana, tratando de ubicar la línea del pavimento. Como no logró hacerlo, detuvo la marcha en seco, bajó armado con una linterna mientras recitaba todas las groserías que había aprendido. Pudo ver que se habían desviado de la línea del pavimento y que el vehículo estaba a poca distancia de precipitarse por el despeñadero. Regresó a la cabina de la camioneta, corrigió el camino y siguió adelante, manejando con la cabeza afuera de la ventanilla para poder ver la línea. En el interior, las mujeres, los hijos y ahora los nietos continuaban cantando himnos mientras la figura aquella comenzó a alejarse, poco a poco, hasta desaparecer. La neblina estuvo presente hasta llegar a la siguiente población, donde detuvieron la marcha y esperaron el amanecer. Cuando llegaron a la casa de los parientes, el conductor y padre de familia le comentó discretamente al primo de su esposa que habían visto algo raro en la neblina, pero no dio detalles para que no pensara que estaba loco. El primo solo mencionó que precisamente en esa zona con frecuencia había vehículos que se salían de la carretera y caían al despeñadero. Por eso nadie circulaba de noche por ahí. Dos días después volvieron a casa, salieron por la mañana y manejaron de día. No pudieron ubicar el punto exacto donde tuvieron el encuentro; no había forma de saber dónde había sido con exactitud, pero había tantas cruces sobre la orilla de la carretera, que probablemente ocurría a lo largo de todo ese tramo. ¡Cómo olvidar un relato de carretera tan asombroso!

Ilustración original de Ostos Sabugal para *Relatos del lado oscuro.*

La leyenda urbana más común y que tiene que ver con fantasmas de carretera es la de la chica de la curva, que, en una de sus tantas versiones, afirma que la chica detiene a los conductores varones, sube al auto y pide que la lleven a su casa, les sirve un trago, platican y los invita a volver al día siguiente. Cuando vuelven, descubren que el lugar está abandonado y algún buen vecino les informa que la chica que solía vivir ahí había muerto años atrás en un accidente de carretera, luego les describe el paraje exacto en el que la habían subido al auto. Por supuesto, solo es una leyenda.

LA ARAÑA SECA

Es común encontrar relatos de brujería en los que la víctima descubre frente a su puerta elementos como tierra de panteón, sal negra, veladoras, etc. También es usual escuchar acerca de personas que fueron embrujadas por alguien que las deseaba, usando una foto, una prenda de vestir o algo que hubiera estado en contacto con la víctima. Hay trabajos más elaborados en los que se incluyen sapos, serpientes o huesos de personas malvadas. Sin embargo, uno de los relatos más asombrosos que hemos escuchado dentro del tema de la brujería nos lo compartieron ya estando en el canal de YouTube, en 2020. Si bien las motivaciones para hacer brujería suelen ser las mismas (venganza, deseo, odio, ira, envidia o avaricia), este caso era diferente a todo lo que había conocido, de ahí que lo colocara en la sección de los relatos más extraños.

Los acontecimientos suceden en Argentina, en la provincia de San Juan. La fecha exacta no la tenemos, aunque, por la descripción de la forma de vida, quizá fue por los años cincuenta. La región ya estaba más poblada y la vida transcurría muy similar a la actual. Susana, una bellísima chica en sus veintes, casi como una modelo, era alta, de cabello largo, sonrisa amable y ojos sinceros, pero también alegre y fuerte. Sí, sobre todo era una mujer muy fuerte. Su madre había muerto de parto del tercero de sus hermanos; su padre volvió a casarse, pero la madrastra también murió cuando dio a luz a un chiquillo que no se logró. Susana se hizo cargo de todos antes de cumplir 14 años, y al decir todos, es todos: los hermanos pero también las ovejas, los chanchos y los novillos. Y lo hizo con eficiencia y de buen agrado, así era ella. El padre de la familia, quien por cierto trabajaba fuera de casa, no volvió a buscar matrimonio y dedicó el resto de su vida a sus hijos. Formaron una bella familia.

Aquí aparece otro personaje, José Roberto, un gaucho en sus veintes tardíos quizá; era apuesto, trabajador y de buena fortuna. Con esfuerzo había logrado comprar un camión, lo que para esa época significaba que tenía un ingreso seguro, con un trabajo propio y que podría llegar a ser adinerado. Si a eso le suma que era apuesto, de ojos claros y cabello negro ensortijado… ¡vaya!, está de más decir que la mitad de las chicas estaba loca por él. Además, era un hombre que trataba a las mujeres con delicadeza, algo inusual en esos tiempos. Su único pecado era haber tenido varias novias en los diferentes poblados de la ruta, sobre todo en la región de Córdoba, de donde era originario.

Y si me ha acompañado hasta aquí, sabrá que en el programa solemos decir que todo iba muy bien, que José Roberto era un tipazo, que Susana era una chica lindísima y que el destino suele jugar con las personas hasta unirlas. Y así fue: un día Susana y José coincidieron en algún evento social de San Juan y el camionero quedó prendado de la chica bonita en cuanto la vio. Susana no, ella no estaba pensando en galanes en ese momento y probablemente ni siquiera cayó en cuenta de su presencia. José Roberto, sin embargo, volvía por ahí cada vez con más frecuencia hasta que por fin se presentó con ella. Susana no cayó presa fácil del conquistador, a pesar de que era un hombre sincero, le tomaría tiempo lograr que ella le hiciera caso. Un buen día se casaron y se fueron a vivir juntos a Córdoba, provincia de la que era originario José.

Por supuesto que hubo una fiesta con muchos invitados, lo que provocó que la noticia corriera como pólvora por toda la región; el apuesto camionero finalmente había caído en las garras de una mujer forastera (venir de San Juan se consideraba así). Algunas chicas lloraron al saber perdida su oportunidad de conseguir su amor, pero sin duda, más de una enamorada encolerizada buscó vengarse. Se dice que la región interior de Córdoba es de brujería, incluso de la más negra que hay, de esa que no se ve a simple vista ni deja montones de cenizas o velas negras como rastro. Ya se imaginará que el hecho de que Susana se hubiera ganado al chico que todas codiciaban no pasaría desapercibido y que alguna de ellas emprendiera una venganza en el terreno de lo sobrenatural.

Susana era una chica que tenía una gran facilidad para relacionarse, solía caer bien a las personas y pronto se ganaba su afecto. En aquel lugar le pasó lo mismo. Pronto se hizo amiga de la esposa del tendero, de la del panadero, de la señora que vendía los vegetales y de media cuadra más, incluyendo a la viejita que vivía a unas casas, una mujer ya muy mayor y solitaria a la que Susana le tomó aprecio; platicaban mucho y pasaban buenos ratos riéndose y compartiendo anécdotas. Esa era una forma de hacer menos pesados los días, pues la esposa de un camionero suele pasar mucho tiempo sola. Fue aquella anciana la que le recomendó tener cuidado: a más de una mujer del pueblo le habría gustado quedarse con el apuesto camionero y estaría dispuesta a hacerle todo el daño que pudiera, ya fuera a él o a ella, para acabar con su relación, pero no se iban a quedar de brazos cruzados.

Susana era una persona muy sana, física y mentalmente; era fuerte, buena, trabajadora y amable, así que escuchó a la anciana, pero en realidad no pensó que tal cosa existiera. No obstante, más o menos a los seis meses de casada, Susana comenzó con un dolorcito en las piernas, como si hubiera caminado mucho. Después el dolor incrementó, como si tuviera algún tipo de reuma. Era curioso que el malestar fuera especialmente en las piernas, pues todo el mundo decía que tenía unas piernas muy bonitas y que con ellas había conquistado a José Roberto. La anciana le comentó que eso era envidia, que de seguro otras le tenían envidia a sus piernas y que por eso la estaban dañando. Después también empezó a dolerle la zona baja del abdomen. De nuevo, su amiga anciana le insistió en que alguien no quería que tuviera hijos ni que le diera gusto a su hombre. A pesar de los dolores, Susana siguió haciendo los deberes, cuidando de los animalitos que habían ido comprando y viendo por su marido, pero cada día le costaba más trabajo. A la aflicción de las piernas y la cadera, se sumó un fuerte dolor de espalda; se sentía como si fuera una mujer muy mayor, a pesar de ser muy joven. Otra vez, su amiga afirmó que alguien no quería que trabajara y ayudara a su hombre. Luego vino el dolor en el pecho y la dificultad para respirar; se fue poniendo pálida, la piel se le puso muy reseca y perdió el brillo en los ojos. La anciana amiga le comentó que, quien fuera, ahora la quería muerta.

Aquí es importante mencionar que el esposo ya la había llevado a consulta con el médico de la comunidad, luego con un médico de la gran ciudad y hasta con otro en Buenos Aires, en un hospital grande. Había vendido todos los animales y hasta su camión para curar a Susana. Le dieron un diagnóstico, luego otro y otro; que si era a causa de la comida, del agua, del calor o del frío. El caso es que ningún tratamiento la ayudaba. Desesperado, José pensó que la perdía.

Una tarde llegó la anciana amiga con un poco de té y unos bizcochos. Susana ya había dejado de comer, pero cuando la anciana le ofreció lo que llevaba, le agradeció y pudo comer y beber sin tener dolores ni vómito.

—Te hicieron brujería, pero no es por medio de la comida; sin embargo, te estás muriendo. Pudiste comer solo porque preparé todo esto con agua bendita —le advirtió.

Después, a solas con José, la anciana le preguntó si de verdad quería a Susana. Con lágrimas en los ojos, él le respondió que daría la vida por ella.

—No es necesario, pero tienes que llevarla a curar; no a los hospitales, ahí no saben lo que tiene. Llévala a tal pueblo, pregunta por la extranjera y dile lo que le pasa.

José Roberto hizo caso y de inmediato fue a donde le dijo. Tomó su bicicleta y pedaleó tan rápido como pudo. Aunque la anciana no le dio señas para encontrar a la mujer, él supo llegar exactamente a la puerta de una extranjera muy mayor que lo estaba esperando.

La conversación fue muy breve; la mujer se limitó a decirle que tenía que llevar a Susana en ese mismo momento. Por supuesto que José regresó como rayo, subió a Susana en el portabultos de la bicicleta y como pudo la sujetó para que no se cayera; luego, donde el camino se volvía más accidentado, dejó la bicicleta y la llevó cargando hasta la casa de la extranjera. Pasaron enseguida y la mujer comenzó a tocarla. Aquello no fue muy prolongado y la mujer mayor parecía saber cuál era el problema.

Mirando fijamente al esposo señaló:

—Le hicieron un trabajo con una araña muerta; conforme se vaya secando la araña, tu mujer se irá secando también. Vuelve a tu casa y busca, encuéntrala y tráela, no le queda mucho tiempo a tu mujercita, apresúrate.

José Roberto recorrió los kilómetros como un rayo, al llegar a su casa fue abriendo cada cajón, cada puerta, cada caja. Volteó, giró, sacó cada mueble; quitó cortinas y desmontó alacenas. El tiempo pasaba y quien viera al camionero poniendo la casa de cabeza, pensaría que se había vuelto loco. Habitación por habitación, hasta llegar al último cuarto, desarmó la cama y los muebles; sacó ropa, pero no encontraba nada. Ya había sacado todo cuando vio la imagen de un santo colgado en la pared, muy en lo alto. No se acordaba de haber puesto ese cuadro ahí. Acercó una silla y lo descolgó, y entonces entendió lo que decía la mujer extranjera, justo atrás, clavada con un alfiler, había una araña enorme, muerta, casi seca. Un escalofrío recorrió su cuerpo cuando vio que entre las patas del arácnido estaba la foto del carnet de Susana; lo había perdido tiempo atrás, casi recién llegada a Córdoba. Su foto estaba envuelta entre las patas de aquella araña, que a pesar de estar muerta le seguía pareciendo amenazadora.

Regresó con la mujer extranjera tan pronto como pudo. Al entrar vio a su amada esposa sentada, se le veía mejor, pero aún no se podía levantar. La anciana tomó el envoltorio y lo puso sobre un plato en la mesa, comenzó a hacer oraciones y a «curar la foto». Luego les dijo que se tenían que ir, que sabrían quién había hecho el trabajo muy pronto y que no se preocuparan más de esto, Susana ya estaba curada y ya no le podrían hacer nada más.

José Roberto cargó a su esposa y se dispuso a llevarla en andas hasta la carretera y tomar de ahí un auto, pero no fue necesario. En medio de risas y llanto, Susana pudo caminar como si nada. Volvieron a casa en su bicicleta y ella comió como nunca había comido en su vida; estaba tan alegre… Exactamente nueve meses después nacería un bebé. Susana estaba curada, su marido dejó de ser camionero y se volvió granjero, con mucho éxito. La anciana amiga falleció algún tiempo después; la acompañaron al cementerio con gratitud, porque si no fuera por ella, Susana habría muerto.

En cuanto a la extranjera, volvieron a visitarla varias veces, a llevarle regalos, a enseñarle a su bebé y a darle las gracias. Ella nunca quiso recibir pago alguno y se conformaba con las visitas de la pareja, hasta que murió pocos años después.

Y, en efecto, tal como lo dijo la mujer extranjera, ellos supieron quién había hecho el trabajo. Inesperadamente, había sido una querida amiga del pueblo de Susana, una chica que había estado el día que el guapo camionero estuvo en San Juan; se había enamorado de él, pero José no le hizo caso y se enamoró de Susana. Así que su amiga se robó el carnet y mandó a hacerle la brujería. Fue ella quien colgó aquel cuadro con la araña en una ocasión que fue a visitarla a Córdoba. Cuando Susana fue a visitarla, con el bebé en el vientre, el rostro de la vengativa mujer expresó una profunda tristeza. Meses después falleció, se fue paralizando, luego se fue secando y al final ya no pudo llorar, no tenía lágrimas.

SERES EXTRAÑOS EN LA PATAGONIA

Ana es una seguidora del canal de YouTube, ha trabajado en numerosos lugares de Centro y Sudamérica, y es una investigadora científica en biotecnologías. Su preparación académica la ha llevado a permanecer en puntos alejados, en donde realiza estudios que se prolongan por varios meses. Trabaja en una prestigiosa universidad mexicana y ha participado en intercambios de investigación en muchos lugares, algunos de ellos sumidos en parajes de remoto acceso.

No es una aventurera, más bien, una investigadora con un trabajo científico especializado. Quizá por eso su relato nos resultó aún más sorprendente, no sabíamos cómo catalogarlo, pero, sin duda, la información que en su momento nos proporcionó, así como las imágenes del lugar, no nos dejan duda de que la persona es quien dice ser y que ha estado en el lugar que nos indicó.

Todo empezó en 2018 con su llegada a un pequeño poblado costero de la Patagonia chilena, en la región del Golfo Almirante Montt. El poblado consistía en una veintena de casas tipo cabaña o chalet, muy bonitas, pero muy remotas; un comercio que abastecía los víveres y las provisiones; una tienda de leña para las chimeneas y un par de instalaciones de servicios; en realidad eran pocos habitantes. El clima era húmedo y extraordinariamente frío, aun en épocas cálidas. La población más cercana estaba a más de una hora en automóvil por una carretera pequeña y sinuosa. El trabajo de Ana era analizar la adaptabilidad de ciertos cultivos en un entorno frío y de poca vegetación nativa. Tenía un contrato de seis meses con tentativas a que no fuera el único, así que era una buena oportunidad laboral con un muy buen ingreso en un lugar bellísimo.

Su llegada fue muy bien recibida por los vecinos, personas que habitaban la región por temporadas y algunas más que se quedaron a vivir ahí definitivamente y que, como solían estar ansiosas por saber noticias de otras regiones y de tener con quién platicar, tenían un trato acogedor y cercano. Ana muy pronto se hizo de amigas y amigos. Había buena vecindad, pues cuando alguien salía a comprar algo o viajaba hasta la ciudad, solía preguntar a las y los demás si necesitaban algo o avisaba por si alguien deseaba ir y acompañarse en el camino.

Días después de su llegada a la comunidad, una de esas frías tardes, decidió ir a comprar más leña para la chimenea; la noche prometía ser helada y con fuertes vientos y una chimenea bien abastecida era garantía de supervivencia. Salió hacia el comercio, cuando una vecina la encontró en el camino y le ofreció llevarla en su auto, pues también iba a conseguir leña. Era una buena oportunidad para conversar; Ana era mexicana y eso despertó interés entre los vecinos, y esa mujer estaba encantada de saber todo lo relativo a México, en especial de sus playas doradas y de su clima cálido y agradable. La plática fue muy grata, hasta que, casi llegando al destino, de pronto la vecina mencionó algo que estaba fuera de lugar en la conversación, algo inusual:

—No salgas más tarde, hoy vienen.

—¿Quién viene?

Aquella mujer sonrió y no comentó más al respecto. Compraron la leña y regresaron, siguiendo con el hilo de la conversación anterior, como si nunca hubiera dicho nada extraño. Al llegar a la cabaña, Ana bajó su atado de leña y agradeció el viaje. Aquella vecina sonrió mientras la veía fijo, como si quisiera decir algo más y no se atreviera. Por fin arrancó el auto y siguió su camino.

La tarde se volvió gélida y airosa; la cercanía con los canales de agua de mar y del golfo hacían que esta pequeña población enclavada en una ladera fuera en especial fría. Ana metió la leña y encendió la chimenea, se sentó en un sillón de la planta alta a leer algunos textos relacionados con su trabajo, no sin antes revisar meticulosamente que todas las ventanas y puertas estuvieran cerradas de forma correcta. No había delincuencia en ese sitio, pero el viento arreciaba y podía hacer pedazos una puerta mal cerrada. Era difícil describir la sensación de calma y tranquilidad que reinaba en un lugar así, el ambiente cálido y la paz de un lugar en el que no hay ruido, ni tráfico, ni vecinos inmediatos. Un rato después, el lugar comenzó a entrar en penumbra; anochecía.

Ana estaba sentada en su sillón, bebiendo mate y leyendo tranquila. Todo estaba muy bien, hasta que de pronto, la puerta posterior de la cabaña se abrió de golpe, luego una ventana abatible se abrió y también una tercera ventana. Ana corrió hacia ellas y logró cerrarlas. Volvió a colocar los seguros de cada una. Era extraño, porque antes de subir a leer había revisado a conciencia esa puerta y esas ventanas. Fue un momento tenso, pero una vez cerradas y aseguradas puertas y ventanas, Ana subió las escaleras, tomó su libro y continuó con su lectura, pero solo por unos momentos, ya que de repente el viento volvió a soplar con fuerza y esta vez todas, absolutamente todas las ventanas y las puertas exteriores se abrieron de golpe, y también la puerta de su habitación. De súbito, el viento invadió toda la cabaña, junto con un sonido rarísimo.

En un movimiento reflejo, Ana saltó y se tendió en el piso, esperando quizá que los cristales se rompieran y cayeran sobre ella, pero no fue así; una vez abierto todo, el viento se detuvo y ya solo oía esos ruidos desconocidos. Eran como chasquidos de labios, un sonido con un ritmo variable y, según Ana percibió, tenía intención, como una forma de comunicación similar a la de los delfines. ¿De dónde venían esos sonidos? Como buena científica y curiosa por naturaleza, Ana no pudo evitar levantar la cabeza a la altura de la ventana más alta, para ver de qué se trataba.

El sobresalto fue mayúsculo cuando vio sobre el techo de la cabaña de enfrente a una criatura extraña, como sacada de una película. Era un humanoide de elevada altura, mucho más que un ser humano, quizá arriba de los tres metros, pero de una delgadez excesiva; sus extremidades eran también anormalmente esbeltas y largas, y su color era de un blanco lechoso a gris; no se distinguía ninguna vestimenta ni detalles. También era ágil, pues en solo dos zancadas ya estaba en otra cabaña. Ana entró en pánico, comenzó a respirar agitadamente y a tener un ritmo cardiaco aceleradísimo. Se puso pecho tierra y rodó bajo la cama, tratando de controlarse y pasar desapercibida. Pudo escuchar ruidos en el techo de su propia cabaña y de nuevo aquellos sonidos, esos raros chasquidos de la boca; al parecer, esos seres se estaban comunicando. Después se fueron alejando; el techo de la cabaña dejó de crujir y también se dejaron de escuchar esos peculiares sonidos. Para Ana, esos momentos se sintieron eternos, como si el tiempo se hubiera detenido, pero por fin quedó convencida de que lo que había ahí ya se había ido. A la distancia se escuchaban otros sonidos que le recordaron las famosas trompetas en el cielo, aquellas de los populares videos de YouTube que se presentan como grabaciones de las trompetas del Apocalipsis en el cielo. Después el sonido se hizo cada vez más tenue. Entonces se levantó y miró alrededor, todo estaba en calma; el cielo estrellado y las luces de las casas como si nada hubiera ocurrido. Temblando aún por la impresión, Ana recorrió la cabaña para cerrar cada puerta y cada ventana.

No pudo dormir esa noche, se quedó sentada en el sillón, atenta por si aquellos seres extraños volvían, tratando de entender qué era lo que había ocurrido y de convencerse de que no había sido real y de que había una explicación lógica para todo eso. Por otra parte, también se sentía culpable de no haber llamado a los carabineros, pero al mismo tiempo le parecía que iba a sonar muy ridícula cuando reportara la presencia de una criatura desconocida en el techo de su cabaña. Al amanecer seguía en un rincón de su habitación sin haber dormido ni un minuto y con los nervios deshechos.

Vista desde la ventana de la segunda cabaña de Ana (fotografía proporcionada por la testigo).

Los primeros rayos del alba trajeron cierta calma. Después, el inicio de la actividad cotidiana la tranquilizó un poco; ver al vecino mover su auto y a la mujer de enfrente que salió de su casa… todo parecía perfectamente normal. Ana consideró tomar su maleta y volver a México en ese momento, dejar todo aquello. Por un momento pensó que el aislamiento y la distancia la estarían volviendo loca, pero luego cayó en cuenta de que no estaba aislada del todo y de que tampoco podía volver así como así a México; hacer eso significaría el final de su carrera como investigadora de campo; perdería su trabajo tan querido y todo por una noche inusual. Concluyó que lo mejor sería descansar y analizar los eventos de nuevo. Quizá todo había sido una anomalía visual. Sí, eso era: neblina y viento, nada más.

Un rato después salió del chalet para ir a la estación de trabajo. En el camino cruzó frente a la casa de la mujer que la había llevado por leña y que ahora estaba afuera de su casa, como esperándola. Ana se acercó con la intención de preguntar, pero su vecina se adelantó:

—Te dije que iban a venir.

—¿Qué eran?

—Estamos en el fin del mundo, querida. A veces vienen, pero hoy ya se fueron.

—Pero ¿qué son?, ¿qué fue eso?

—Ya no quiero hablar, cuídate, luego platicamos.

Ante esto, Ana confirmó que no había sido su imaginación, que los seres que había visto eran reales, increíbles y absurdos, pero reales. Necesitaba respuestas, así que esa misma tarde volvió a la casa de la vecina, equipada con galletas y un termo de café. Tocó a la puerta y la vecina con mucha calma abrió, se podría decir que con grata sorpresa, como si no se hubieran saludado en la mañana y como si no hubiera sucedido nada extraordinario; se le veía tranquila y cómoda en su cabaña. La invitó a pasar y con gran amabilidad comenzó a platicar de todo menos de lo que Ana quería. Cuando le preguntó sobre la noche anterior, la dama parecía no saber de qué le hablaba; por un momento se mostró intrigada, quizá pensando más bien que Ana se sentía mal o algo le había hecho daño. Le preguntó con mirada sincera si se sentía bien, si no deseaba que llamara a algún médico. Ana se inquietó cada vez más, aquella mujer no parecía recordar nada de lo que habían vivido por la noche; es más, ni siquiera recordaba lo que habían hablado por la mañana. Era una locura. Ana pensó que estaba perdiendo la razón y tuvo que hacer un esfuerzo enorme para seguir adelante, centrarse y calmarse. Volvería al trabajo y listo, pero las historias de *Relatos del lado oscuro* rara vez terminan con tanta calma.

Esa misma tarde en el trabajo había notado algo inusual, un compañero, que vivía en el mismo grupo de cabañas, tenía vendado un brazo. Ese detalle no era raro por sí mismo, cualquiera puede lesionarse o torcerse, pero al día siguiente vio que otro miembro del equipo, que también vivía en la zona, tenía el brazo vendado. Más tarde vio a una mujer con lo mismo. No parecía una casualidad ni que fuera algo originado por un accidente. Ana se dio cuenta de que periódicamente las personas llegaban así, con vendas. Un buen día, descubrió que las vendas cubrían una especie de heridas pequeñas, dos, para ser exactos, como si fueran dos lesiones hechas con la punta de un lápiz. Después, cuando se fijó en uno de los brazos de la vecina con quien fue por leña, se dio cuenta de que ella también tenía esas marcas. A raíz de este descubrimiento, comenzó a sentir pavor y se cambió de cabaña. Al amanecer se revisaba meticulosamente todo el cuerpo esperando no encontrar esas marcas; temía que mientras dormía la hubieran atacado. Su estancia se volvió un infierno.

Y sí, volvió a ver a esos seres extraños. A lo largo de seis meses de estancia los vería en cuatro ocasiones más. Siempre sucedía lo mismo, primero un fuerte viento golpeaba las cabañas, luego se escuchaban pasos y rasguños sobre los techos, acompañados de un intercambio de chasquidos y, al último, el sonido de trompetas que se iba alejando. Su curiosidad científica la invitaba a aclarar ese misterio, pero cada vez que buscaba información con los vecinos y compañeros de trabajo, nadie parecía saber nada y la miraban como si estuviera loca e hiciera preguntas sin sentido. Después de cambiarse de cabaña cuatro veces más, tratando de alejarse del núcleo de la villa, concluyó su proyecto de estudio y por fin pudo irse de aquel lugar.

Cuando Ana me compartió esta experiencia, se encontraba en tratamiento psicológico para poder asimilar que aquello había sido real; sin embargo, no ha podido saber qué eran esos seres largos, pálidos y atemorizantes; tampoco ha podido saber por qué a ella nunca la atacaron ni le prestaron atención. Siendo científica, intuyó que ella no formaba parte de la muestra de su estudio; quizá habían inoculado algo a un grupo de personas y volvían periódicamente a revisarlas, pero como ella había llegado después del inicio de ese experimento, no era de interés para aquellas extrañas criaturas.

El fenómeno de las trompetas en el cielo se llama *cielomoto* y científicamente se explica como el roce de capas de aire de diferente densidad, cuya fricción produce vibración y un sonido similar al de las trompetas. Sin embargo, los reportes de algunas investigaciones sobre fenómenos extraños aseguran que no todos los cielomotos se pueden explicar de esa forma; algunos se dan a bajas alturas y algunos más podrían provenir de la propia tierra.

EL BEBÉ DE LA MORGUE

Durante los primeros años de nuestro paso por la radio conocimos a muchísimas personas encantadoras, creyentes del fenómeno o escépticas. O bien estaban verdaderamente convencidas hasta de la existencia de los vampiros galácticos, o bien eran personas que simplemente gustaban de oír historias de terror. Había de todo. La señora Elenita parecía ser de las que disfrutaban de un buen relato de horror, aunque no se lo creyera. Pero estábamos equivocados, y además sorprendidos de que no fuera así. Un día, ella nos relató su experiencia con lujo de detalles a través de un hermoso escrito, hecho a mano, con una caligrafía bellísima. Era un testimonio valioso, que desafortunadamente con el paso de los años, y quizá, por falta de cuidado nuestro, hemos perdido, pero que nunca olvidaremos.

Elenita tenía 72 años cuando la conocimos. Era delgada, muy alta y de tez clara, originaria del norte de México y radicada en Puebla por temas familiares y de trabajo; era una química bacterióloga, aunque también muy apegada a la Iglesia y, a pesar de la edad, seguía trabajando en un laboratorio de análisis clínicos para personas en situación de pobreza, algo muy meritorio.

Su historia se remontaba a muchos años atrás, a principios de los años sesenta en la capital de la República mexicana. Había cambiado su residencia a la gran ciudad para poder estudiar en la Universidad Nacional Autónoma de México. Su madre se había mudado con ella para acompañarla y ayudarla, mientras que su padre y hermanos permanecieron en el norte de México a la espera de que cuando terminara sus estudios volviera y se casara con un buen hombre. Era la única mujer de la familia y todos esperaban que se casara y les diera nietos. Pero ella decidió quedarse en la ciudad a trabajar. Su primer trabajo fue en el Servicio Médico Forense (Semefo) de la Ciudad de México, en el nuevo edificio, recién inaugurado por el presidente en 1960. Curiosamente, la contrataron como secretaria, no como profesionista.

El trabajo era pesado sin duda, por muchos motivos; primero, por los horarios extenuantes, y segundo, por la discriminación hacia la mujer, que con frecuencia se manifestaba en comentarios sexistas y despectivos, que tenía que soportar, porque a pesar de ser una profesionista titulada, solo por ser mujer la consideraban no apta. Además, constantemente había que rechazar las propuestas de carácter sexual de parte de los médicos legistas, los abogados y los agentes del Ministerio Público. No era algo fácil y muy pronto le valió el calificativo de «alzada», refiriéndose a la que no saluda o la que no accede a las insinuaciones.

El trabajo en sí tampoco era fácil. Su labor consistía en recabar la información que el personal de las ambulancias le proporcionara y llenar formularios con los datos de la persona fallecida. En ocasiones esto había que hacerlo para quienes llevaban algunos días ya muertos, para personas fallecidas de forma prematura o para cadáveres horriblemente mutilados. Por fortuna, pronto se hizo de aliadas en la institución, las auxiliares. La médica legista y Elena se ponían de acuerdo para hacer coincidir sus horarios y apoyarse. Claro que los horarios de la noche eran los peores, la morgue estaba en los sótanos, lejos de la entrada y al final de un largo pasillo, silencioso y frío; a pesar de ser un edificio relativamente nuevo, aquella zona era en verdad tétrica. Pero al paso de los meses, a todo se acostumbra el ser humano, y en ocasiones, las tres o cuatro compañeras se reunían a cenar allá abajo y a platicar un rato. Elenita prefería estar ahí que en el despacho del segundo piso donde estaba su oficina, porque en el turno de la noche no había nadie en aquel lugar y eso sí que le daba miedo.

Fue entonces cuando sucedió el hecho que la motivó a escribirnos. Una noche cerca de la Navidad, Elenita se encontraba en su despacho terminando unos informes, algo de rutina. El teléfono sonó: era una de las auxiliares desde la morgue; estaban por recibir un cuerpo y necesitaban que ella tomara los datos. Su amiga la legista estaba de vacaciones y el médico en jefe la había dejado de guardia. Elena dejó lo que estaba haciendo, tomó sus cosas y bajó. Llegó justo cuando los ambulantes de la Cruz Verde dejaban el cuerpo de una mujer sobre la camilla, aún con la ropa puesta, intacto. El expediente que había remitido el Ministerio Público estaba más que incompleto, era apenas una hoja simple con una descripción básica y vaga. Solo hacía alusión a un posible suicidio por ingesta de barbitúricos o veneno. Cuando Elena volteó hacia los camilleros para solicitar más información, habían huido, literalmente; hasta habían dejado su propia camilla. Elenita tendría que completar los datos ella misma, para ello tendrían que trasladar el cuerpo a la mesa de trabajo del sótano y comenzar a procesarlo en lo que llegaba el médico en jefe que haría la autopsia. Los camilleros del Semefo empujaron la camilla con el cuerpo y un momento después estaban ahí las dos auxiliares, listas para prepararlo para la autopsia. Todo era muy irregular, comenzando por el hecho de que la hubieran trasladado en una ambulancia de la Cruz Verde, pues ese servicio solo traslada a personas vivas.

La fallecida era una mujer joven, no pasaría de los 30 años, de facciones muy finas; llevaba el cabello arreglado y un vestido elegante, casual pero elegante, como si fuera un *jumper* bonito, apenas arriba de la rodilla y de color negro. Aún calzaba un zapato y llevaba pantimedias. Tendría pocas horas de haber muerto y, como se presumía que la causa había sido por ingesta de veneno o de barbitúricos, probablemente había sido un suicidio. Pero hasta después de los análisis de laboratorio y del reporte del médico forense podría determinarse la causa con precisión.

El trabajo comenzó por remover la ropa y colocarla en una serie de bolsas. El cuerpo de la joven aún tenía puestos los aretes y un collar, joyas bonitas y discretas, y un reloj de pulsera que se había detenido. Elenita ya había visto eso antes, que cuando una persona moría, por alguna razón el reloj se detenía, incluso si era de cuerda y en teoría pudiera hacer funcionar al reloj durante varias horas más. Su amiga, la médica forense, aseguraba que muchas veces la hora estimada de la muerte coincidía con la hora en la que se había detenido el reloj, un elemento más para añadir a la lista de detalles macabros que rodean la muerte de las personas. Podría ser solo un mito, no lo dudo, pero en aquella ocasión parecía bastante real. Otra particularidad adicional era el estado de las uñas, perfectamente manicuradas, y al tomar las huellas dactilares, se encontraban claras y limpias. Elena pensó que si esta criatura alguna vez lavó algo, fueron sus propias manos, pues parecía que jamás había hecho trabajo manual.

Comenzaron por retirar las joyas, el zapato y el vestido. Por norma, quien hace el levantamiento de cadáver debe recuperar todos los indicios, pero el personal forense siempre revisa que no haya nada más. En esta ocasión y mientras revisaban la ropa, encontraron que en el vestido había algo, en una de las bolsas había un pequeño papel, un trozo de una libreta arrancado en el que estaba escrito: «Perdóname, madre, el secreto que me llevo, lo guardo en mi alma y es solo para mí». Era lamentable, el cuerpo tenía una apariencia delicada, una chica que en vida debió ser muy bella y ahora estaba ahí, en una mesa forense con el rostro amoratado, los labios ennegrecidos y una mueca de dolor extraña. Aquel mensaje no parecía ser nada extraordinario, la nota póstuma de la suicida se añadiría a la carpeta de investigación. Giraron el cuerpo para desabotonar la parte trasera del vestido. Justo en ese momento se escuchó un llanto intenso de un bebé muy tiernito.

Elena expresó molesta:

—¿Quién rayos dejó entrar a un bebé a la morgue?

Salió de inmediato al pasillo a ver qué pasaba, consideró una falta de tacto enorme dejar entrar a una persona con un lactante a un área de higiene comprometida; además de que le parecía horrible. Por lo regular, se dejaba entrar a algún familiar para que reconociera el cadáver, pero permitirle pasar con un bebé ya era demasiado.

Sin averiguar más levantó la voz:

—La persona con el bebé, por favor salga y espere en la entrada, no puede estar en esta área, salga enseguida.

Elenita regresó al área de trabajo. De nuevo ella y sus compañeras escucharon el llanto del bebé, fuerte y claro. Elena les pidió que siguieran retirando el vestido con cuidado en lo que ella subía a ver al policía de la puerta para que sacara a esa persona con el bebé. Avanzó con rapidez por el pasillo y subió las escaleras hasta llegar a la entrada. El policía estaba sentado tranquilamente leyendo algo cuando Elenita se acercó para reclamarle a voz en cuello que hubiera dejado entrar a alguien con un bebé. El guardia, sorprendido, le dijo que eso no era posible, pues desde las seis de la tarde la puerta estaba cerrada con llave y no había dejado entrar a nadie; quizá había sido alguna de las secretarias del área de la Procuraduría de Justicia que había llevado a su bebé. Elena le pidió que la acompañara para revisar, y así lo hicieron, pero no encontraron a nadie ajeno en el edificio, y mucho menos a un bebé.

Un rato después Elena bajó otra vez al sótano. Al llegar allá encontró a las dos auxiliares con cara de espanto. El cuerpo seguía vestido sobre la mesa; las auxiliares le dijeron que apenas tocaron el cuerpo volvió a escucharse, fuerte y claro, a un bebé desde dentro de las gavetas de refrigeración, contiguas a la mesa de trabajo. Elenita fue hacia allá, pero no escuchó nada. Abrió una gaveta y nada. Regresó a la mesa de trabajo y, cuando iban a comenzar de nuevo a desabotonar el vestido, de inmediato sonó el llanto, insistente, provenía de las gavetas, pero luego del escritorio, después de afuera, luego del techo, de la mesa, de todas partes. Era un llanto fuerte y claro. Cuando Elenita subió para buscar al policía, él había salido corriendo, las dejó solas con aquello que no sabían qué era.

En definitiva, había algo raro aquí, pero tenían que cumplir con su trabajo. Por ello, Elenita decidió llamar al médico en jefe, para preguntar si tardaría en llegar o cuáles eran sus instrucciones.

Tomó el teléfono y marcó:

—Doctor, ¿tardará usted mucho en llegar?

—Le dije que me cubriera, Elena, llego en unas horas. Pero ¿por qué hay un niño en la morgue?, ¿qué está pasando?, ¿cómo dejaron entrar un niño? La responsabilizo a usted por esta situación.

—Doctor, aquí no hay ningún niño; hemos estado oyendo ese ruido desde que llegó el cuerpo de la chica; no sabemos qué es, pero nos está dando miedo. Por eso le llamé.

Hubo un momento de silencio, después el llanto de bebé se escuchó más fuerte que nunca y aquellas tres chicas estaban visiblemente nerviosas.

En el auricular se escuchó de nuevo al médico:

—Elena, escúcheme bien: pongan el cuerpo, así como está, en las gavetas; guarden los documentos ahí mismo, la ropa, lo que trajera, todo, me entiende, ¿verdad?; todo lo que sea que tuviera el cuerpo, póngalo en la gaveta y salgan de ahí de inmediato. Váyanse, las veo mañana temprano, cierren con llave al salir.

No lo tuvo que repetir; en segundos estaban juntando todo y metiéndolo a la gaveta junto con el cadáver de la chica, y en todo ese tiempo siguieron oyendo el llanto de un bebé. En cuanto terminaron, cerraron con llave y salieron directo hacia sus casas. En el camino, Elenita no pudo evitar rezar un padrenuestro por aquella chica. Esa noche no pudo dormir; el llanto del bebé resonaba en sus oídos y el rostro amoratado de la chica no se le borraba de la memoria.

Al día siguiente, Elenita estaba de pie a las cinco de la mañana y con los primeros rayos del sol se trasladó a la oficina. A las siete en punto sonó el teléfono, era su jefe dándole una instrucción extraña: en un rato más llegarían unas personas y ella debía entregarles el cuerpo y todas sus pertenencias, así como los documentos, sin hacer preguntas. Más tarde pasarían a dejar la orden de liberación desde el Ministerio Público, pero deberían brindarse todas las facilidades.

No pasaron más de diez minutos, cuando desde la recepción le informaron a Elenita que unas personas tenían que hablar con ella, dos caballeros elegantemente vestidos con un documento de liberación del cadáver, en orden y debidamente firmado. Eran abogados de la familia de la occisa y requerían estar un momento con el cuerpo, a solas, antes de que llegara el transporte de la funeraria. Eso era absolutamente irregular; Elenita iba a llamar al jefe, pero recordó que le había instruido que se dieran todas las facilidades. Así que les permitió el acceso, pero de pronto estaba con ellos un sujeto raro, un tipo de cabello largo, con collares y amuletos, y vestido de blanco; parecía sacado de la radionovela de *Kalimán*.

Entraron y sacaron el cuerpo de la gaveta; mientras, Elenita seguía ahí ayudándoles a reunir todas las pertenencias de la mujer fallecida. El sujeto de blanco comenzó a quemar algo como incienso y a recitar unas palabras raras. Los abogados pidieron a Elena que los dejara solos; ella amablemente salió sin decir más. Quizá tres horas después llegó la carroza de una prestigiosa agencia funeraria. Elenita los hizo pasar al tiempo que salían de la morgue los tres individuos. Los abogados se acercaron a ella para agradecerle las facilidades brindadas y le comentaron que su cliente las tendría muy en cuenta; firmaron los documentos respectivos y salieron junto con los empleados de la funeraria. Todos respiraron aliviados de poder seguir con su trabajo.

El asunto no era fácil de olvidar, pero entonces ocurrió algo más, por si faltaba algo. Dos días después aparecieron los de la ambulancia que habían llevado el cadáver y olvidado su camilla junto con los documentos firmados de la entrega del cuerpo. Apenados, le pidieron a Elenita que los ayudara, de otra forma los despedirían por no haber seguido los protocolos. Se justificaron diciendo que todo había estado mal desde el principio.

De acuerdo con el testimonio de aquellos jóvenes, los enviaron a atender una urgencia médica. Las ambulancias no trasladan cadáveres, pero eso no era todo, cuando llegaron, los hicieron pasar. Era una casa enorme, en un barrio muy elegante. En la puerta había varios hombres vestidos de traje; parecían guardias o escoltas. Uno de ellos los llevó a la planta alta y los hizo entrar en un lugar que daba miedo, una habitación pintada de negro, con un altar lleno de imágenes raras y velas negras. En el piso, frente a eso, estaba la chica. Había vómito y espuma a su alrededor, pero no estaba agonizando ni daba señales de vida; era obvio que estaba muerta desde hacía algunas horas. Los dos ambulantes se levantaron para salir de ahí, pero el sujeto de la puerta los detuvo, les entregó un papel y les dijo que su jefe ordenaba que se llevaran el cuerpo a la morgue, si no lo hacían se atendrían a las consecuencias. Tuvieron que hacerlo. Con verdadero miedo subieron el cuerpo a la ambulancia y arrancaron.

Elenita escuchó con atención y finalmente preguntó:

—¿Y ya?, ¿eso fue todo?

—No, señorita, eso no fue nada. En el camino no dejó de llorar un bebé dentro de la ambulancia, pero créame que no había nadie más ahí.

Elenita firmó los documentos, entregó la camilla y aquellos jóvenes se fueron. Cuando platicó esto a sus compañeras, quedaron sorprendidas; nunca supieron bien a bien qué había sucedido. Yo no me atrevería a pensar en una razón ni en proponer una hipótesis; hay cosas que es mejor simplemente escuchar y no buscar explicaciones, no las tenemos.

Según nos han contado, una costumbre de quienes trabajan en una morgue es la de pedir permiso a la persona fallecida y explicarle lo que se va a hacer con su cuerpo, con el fin de que no haya fenómenos molestos y situaciones que provoquen temor. En cierta ocasión, una auxiliar de legista nos relató que un cuerpo estaba tan rígido que no podían bajar su brazo, impidiendo que se pudiera trabajar; antes de romper el hueso o los ligamentos, el médico le pidió permiso a la persona muerta y le explicó la importancia de lo que harían; enseguida pudo bajar el brazo sin ningún esfuerzo.

GUARDIÁN MÁS ALLÁ DE LA MUERTE

El perro llegó a la casa siendo apenas un cachorro de unas pocas semanas; su madre lo había rechazado y lastimado. Lo recuperaron milagrosamente y un veterinario logró curar sus heridas y cuidarlo durante algunos días. Luego, en uno de esos vuelcos del destino, casualmente don Juan pasó por la farmacia veterinaria a comprar medicamentos para el ganado de su rancho y vio al cachorro de color blanco con manchas cafés.

Era muy pequeño y tenía un letrero que decía: «Se regala». Fue amor a primera vista; don Juan se acercó y el veterinario lo único que pidió fue que le pagaran sus curaciones y vacunas; pero, sobre todo, que lo cuidaran mucho, pues había que alimentarlo con mamila y tenerlo en un lugar caliente durante al menos dos meses más. Don Juan no preguntó ni siquiera de qué raza era; pagó lo que el veterinario quería y se llevó toda una dotación de elementos de cuidado para el cachorro, que era muy pequeño no solo de edad sino de talla. Pero esa situación pronto cambiaría y en un par de meses era un cachorro gigantón, fuerte, con un pelaje suave y largo, un animal muy bonito y dócil. El perro dormía en la habitación de don Juan y su esposa, pero a veces también en la de los chicos; con frecuencia dormía con la gata de la familia encima. Pero había un problema, no era algo grave, solo un detalle: el perro era una cruza de sambernardo y gigante de los Pirineos, dos razas de perros enormes, y muy pronto se hizo evidente: a los seis meses, el perro tenía el tamaño de un becerro y se convirtió en un feroz guardián.

Su ladrido se volvió legendario y su figura aún más; era un animal colosal y realmente fiero, capaz de lastimar a una persona de una forma salvaje. Cuando llegaban visitas, se llevaban al perro a su lugar, un espacio amplio con una caseta y una reja que evitaba que pudiera lastimar a un visitante. Por las noches, invariablemente, el gigante patrullaba la propiedad.

Otro detalle curioso es que siempre que llegaba don Juan, el perro comenzaba a hacer una serie de movimientos, el «bailecito», por la emoción que le causaba que llegara su dueño. Era su ritual diario: don Juan abría la reja, el perro bailaba de gusto; el dueño entraba y se sentaba en un escalón frente a la puerta de la casa; el enorme animal se le acercaba y le ponía la cabeza sobre sus piernas mientras movía la cola y don Juan lo acariciaba; salían los hijos o la esposa y platicaban un momento, luego el guardián volvía a sus labores.

Cabe señalar que la casa era una propiedad grande, unos dos mil metros cuadrados y con bardas altas, rodeada de árboles y terrenos baldíos; un lugar muy solitario, por lo que el perro era una necesidad, para evitar que entrara algún delincuente. Así que, noche con noche, el perro cuidaba la casa y, a la menor señal de la presencia de un intruso, su ladrido se dejaba oír por toda la colonia y despertaba a sus dueños. En más de una ocasión evitó que los ladrones se metieran a la casa y sorprendieran a sus habitantes.

Don Juan era un tipazo, pero cualquiera que conozca nuestro programa sabe que a los tipazos siempre les llega un momento triste. Deben haber pasado unos seis años desde que llegó el perro a la casa, su dueño enfermó de algo grave relacionado con el tabaco; don Juan era un fumador regular y en ciertos momentos de su vida llegó a fumar tres cajetillas en un día. Ese vicio pasó factura. Sus dañados pulmones lo fueron llevando de hospital en hospital, pero no hubo remedio, el daño estaba hecho y después de los pulmones comenzó a fallarle el corazón, hasta que, por último, en una fría madrugada de febrero, don Juan murió. Para la familia fueron semanas terribles de verlo agonizar, asfixiándose en una cama de hospital, sin posibilidad de salvarse.

Con la muerte de don Juan comenzó lo paranormal de esta historia. El mismo día que falleció, el enorme animal comenzó a aullar muy raro, de forma lastimera. Nunca lo habían oído hacer ese ruido. Luego el perro dejó de aullar y repentinamente comenzó a hacer el «bailecito» sin que llegara nadie; se agitaba y movía la cola exactamente como cuando llegaba su dueño, pero es importante aclarar que ese juego no lo hacía para nadie más, solo para don Juan. Otro aspecto raro es que comenzó a hacerlo en la madrugada y en horarios diferentes al que habitualmente tenía con su dueño, con lo cual se descartaba que lo hiciera solo por costumbre. La familia de don Juan narró que durante los días en que él estuvo internado en hospitales, el perro no hacía aquel juego, pero cuando daban de alta a don Juan y regresaba, el perro comenzaba a alocarse desde antes de que llegara; hasta media hora antes comenzaba a animarse, como si supiera que iba a llegar su dueño.

La casa misma no estuvo exenta de que hubiera algún fenómeno paranormal; dos días después, o quizá tres, varios miembros de la familia escucharon la voz de don Juan llamando a su esposa o haciendo un peculiar silbido con el que la llamaba cuando quería que subiera a la planta alta a ver alguna cosa en el televisor con él. También lo oyeron llegar; el sonido particular de su tos era inconfundible. Eso duró pocos días, quizá a la semana ya no se volvió a escuchar. Y lo mismo pasó con el perro; un par de semanas después de que don Juan falleciera, el perro dejó de hacer el «bailecito», como si Don Juan ya se hubiera ido del todo.

Entonces el perro comenzó a verse triste, decaído; se echaba bajo un árbol y permanecía ahí casi todo el día. Dejó de comer y, aunque le cocinaban su comida habitual, no se acercaba a ella. El veterinario entró a revisarlo, sorprendido de que no quisiera atacarlo como solía hacerlo, sino que se dejara revisar. La conclusión fue sencilla: el perro estaba atravesando un proceso de duelo. No había mucho que hacer sino esperar, quizá se recuperaría. Para colmo de males, la gatita que habitaba la casa y que solía estar echada en el respaldo del sillón mientras don Juan veía la televisión también comenzó a estar triste, a dejar de comer y a pasar todo el tiempo durmiendo. Ambos animales murieron antes de que se cumplieran los dos meses del fallecimiento de su dueño. Fue algo especialmente lamentable, porque ambos eran como una extensión de la presencia de don Juan. Esto se sumó a la serie de eventos que fue vaciando aquella casa de sus habitantes.

El hijo mayor tuvo que mudarse por motivos de trabajo; la hija de en medio que estaba casada volvió a su propio hogar y la hija menor se fue a estudiar lejos. La casa se quedó más sola que nunca, únicamente quedaron la esposa de don Juan y su empleada, una mujer que trabajaba ahí desde muchos años atrás y era parte de la familia. Ella también había visto a los animalitos tristes y había escuchado la voz de don Juan después de su fallecimiento. Pero nuestra insistencia en este relato no tiene que ver solo con los fenómenos paranormales en relación con la muerte del jefe de familia, sino con el enorme perro.

Transcurrieron algunos meses cuando a la casa solitaria llegó un inesperado regalo: un perro callejero, más bien un cachorro perdido que entró a hurtadillas. Cuando se dieron cuenta, el animalito ya estaba en la puerta exterior de la cocina rascando, como pidiendo comida, como cuando el perro guardián tenía hambre y se acercaba, esperando a que la señora o la empleada le dieran alguna golosina. El perrito no era un perro fino, pero sí un cachorro bonito y de pelo liso. ¿Cómo había entrado?, buena pregunta, pues la reja era bastante estrecha, aun para un cachorro. Pero las mujeres decidieron que su compañía era bienvenida y el cachorro se quedó.

Fueron días alegres, el perrito era cariñoso y simpático, juguetón; de una manera extraña, por momentos parecía que jugaba con otro perro. Sí, claro, yo entiendo que este tipo de relatos se pueden explicar por la situación que la familia estaba viviendo; tal vez el proceso de duelo las llevó a creer que lo que veían significaba que el fantasma del viejo perro guardián rondaba por ahí. Ciertamente se presta a pensar eso, pero hubo un incidente interesante en este relato que nos hizo conservarlo y ahora compartirlo con usted.

El cachorrito era aún muy pequeño y, para evitar que se expusiera al frío o la lluvia, solía dormir en el cuarto de lavado, justo al costado de la cocina, con las puertas y las ventanas cerradas. Se había apropiado de una caja de madera y esa era su camita; no estaba suelto durante la noche, acotación importante para los hechos que siguieron según el relato que nos compartieron.

Una noche, las dos mujeres estaban cenando en el desayunador de la cocina. Desde que ya no estaban los hijos ni el esposo, casi siempre estaban apagadas las luces, salvo las del espacio en que estaban la señora o la empleada. El exterior también estaba oscuro y no había casas vecinas, solo terrenos baldíos. Pasada la hora de la cena, ambas mujeres se retiraron a sus habitaciones y se prepararon para dormir; eran más de las diez de la noche y afuera soplaba el viento. En medio de aquella soledad, de pronto escucharon un ladrido fuerte, parecido al del viejo perro guardián, agresivo, no el clásico ladrido del perro que ve pasar a otro perro, este era diferente.

Un instante después, la empleada fue a la planta alta con la señora, y la miró fijamente y con verdadero asombro en el rostro. No tenía duda de que ese ladrido era del perro que había muerto. La patrona estaba menos entusiasta al respecto, hacía viento, debía tratarse de otro perro en un lugar distante que estaba ladrando. Pero el ladrido se oía muy cerca, como si un perro grande estuviera en el patio de la casa. De nuevo oyeron el ladrido agresivo de un perro, esta vez atacando y, para verdadero espanto de las señoras, escucharon la voz de un hombre que se quejaba, así como movimientos en el patio, alguien que corría, tiraba cosas y tropezaba, todo mezclado con el sonido inconfundible de un perro que ya está en ataque. Las mujeres no podían ver nada de lo que pasaba afuera debido a la oscuridad. Entonces, la señora tomó el teléfono y llamó a la policía; con la voz temblorosa reportó que habían entrado asaltantes a su propiedad y suplicó que la ayudaran.

El incidente no duró más de unos pocos minutos, luego todo fue silencio. Para su buena fortuna, una unidad de la policía estaba en la zona y llegó poco después de que aquello concluyera; le dieron acceso a los agentes para que revisaran el patio y la cochera. Ya no había nadie, pero encontraron dentro del patio una mochila grande, como de camping. La dueña de la casa aseguró que nunca la había visto. También encontraron una linterna de mano aún encendida y un cuchillo grande de doble filo. Horrorizada, la señora entendió que en verdad alguien había entrado al patio, pero había salido huyendo. Los agentes revisaron el exterior y encontraron una pila de piedras contra la barda exterior, por ahí había entrado el intruso. Por el lado interior, en la pared, había huellas, marcas de zapatos contra la pintura blanca, evidencia de su intento por escapar.

Ese día concluyeron que el viejo guardián no se había marchado; no lo vieron, pero aparentemente aquel bandido sí lo vio y tal fue su impresión que dejó ahí sus cosas mientras escapaba. Algunos meses después, el cachorro que había llegado solo ya había crecido y se había convertido en un animal muy bonito, robusto, musculoso e increíblemente feroz, un buen guardián. A decir de la esposa de don Juan, el cachorro había tenido un gran maestro, ya fallecido, pero un gran maestro. Y para rematar, el cachorro comenzó a hacer el famoso «bailecito» cada vez que la señora o la empleada volvían a casa.

En su libro *En busca de lo desconocido*, el autor e investigador Douglas Scott Rogo describe un experimento para detectar presencias paranormales que realizó Graham Walkins en una casa que se creía embrujada en Kentucky, Estados Unidos. La prueba consistió en introducir diversos animales a la habitación de la vivienda donde ocurrían más manifestaciones paranormales. Metieron a un perro, un gato, un ratón de laboratorio y una serpiente, para observar si reaccionaban de algún modo. La respuesta más violenta a algo invisible fue la de la serpiente, luego la del gato y, por último, la del perro. El ratón de laboratorio no reaccionó de ninguna forma.

LLAMADA TELEFÓNICA IMPOSIBLE

No quisiera despedirme de este libro sin compartir un último relato que recuerdo con asombro y agrado, así que, si aún tiene tiempo, acompáñeme.

Déjeme que lo lleve atrás en el tiempo, al año 2011. Yenny llevaba más o menos un año como empleada de una firma de arrendamiento y administración de bienes inmuebles ubicada en la ciudad de Heredia, Costa Rica. Era un empleo que le gustaba y en el que se sentía bien. Siempre estaba activa y su labor consistía en contactar a diferentes personas vía telefónica o mediante correos electrónicos, así como atender múltiples trámites administrativos. A mediados de noviembre, Yenny tuvo una carga de trabajo mayor, pues dos compañeras se habían ausentado y la oficina quedó a cargo solo de la jefa, ella y otra compañera, así que apenas alcanzaban a atender todas las actividades programadas.

El día en cuestión, Yenny estaba en la oficina sola; la jefa y su compañera habían salido a atender algunos asuntos y ella tenía una larga lista de trámites, así como llamadas por realizar. La que más urgía era al despacho contable, ya que necesitaban un documento de certificación para llevar a cabo un trámite ante el gobierno. El contador y jefe de aquella oficina era un hombre de unos 50 años, Juan Antonio. Como se habían visto en persona muchas veces, sabía que era un caballero respetuoso y de buen trato.

Yenny tomó el teléfono y marcó el número del despacho contable; esperó un momento, no era raro que demoraran en responder, así que siguió esperando, hasta que de pronto contestó una voz masculina.

—Aló, buenas tardes.

—Aló, buenas tardes, le llama Yenny de la oficina de arrendamientos en Heredia. ¿Me podría comunicar con el contador Juan Antonio?

—Sí, él habla, ¿en qué le puedo servir?

Yenny conocía la voz del contador Juan Antonio, y la que escuchó no era la del hombre que ella conocía, era más bien una voz de un hombre mayor, un tanto seca y precisa, lejana de la voz amable y cálida del contador. Yenny dudó un momento y se hizo un silencio.

La voz aquella intervino:

—Quizá usted está buscando a mi hijo, también se llama Juan Antonio.

—Sí, el contador, su hijo.

—Claro, lo entiendo, pero él no está ahora, fue a la universidad.

A Yenny eso le pareció muy curioso, pues no sabía que el contador fuera a la universidad; tal vez había ido a realizar algún trámite o tal vez estaba tomando un curso de actualización.

—¿Me podría ayudar pidiéndole que se comunique a la oficina en cuanto le sea posible? Con Yenny, por favor.

—Claro, con todo gusto, yo le informo.

—Gracias, hasta luego.

Yenny siguió haciendo las llamadas y enviando los correos pendientes. Por la tarde llegaron la jefa y la compañera para hacer el cierre del día. Faltaba la llamada al contador Juan Antonio. Yenny les informó que había hecho la llamada y que el padre del contador le había respondido. Hubo un silencio notorio, que se rompió cuando la jefa explicó que el padre de Juan Antonio, también llamado Juan Antonio, había fallecido diez años atrás y que esto debía ser una confusión. La jefa insistió en que volviera a llamar, pues el asunto a tratar con el contador era urgente. Yenny llamó de inmediato; esta vez le tomó la llamada el propio Juan Antonio, al que reconoció enseguida. Tras comentarle lo que necesitaban, Yenny no pudo evitar mencionarle que en la llamada que había hecho temprano le había contestado su padre.

La respuesta del contador fue por lo menos preocupante:

—No, Yenny, eso no es posible porque no había nadie en la oficina; tanto mi secretaria como yo nos encontrábamos en gestiones fuera. Pienso que debe haber equivocado el número y en una extraña coincidencia habló con otra persona homónima.

Claro que Yenny, muy apenada, aceptó su error y terminó la llamada con amabilidad. Pero la historia no termina ahí. Escasos minutos después, el teléfono volvió a sonar. Era el contador Juan Antonio.

—Yenny, le va a asombrar esto, pero creo que mi difunto padre sigue viniendo a trabajar y hasta le contestó a usted el teléfono.

—¿Por qué me dice eso, contador?

—Porque sobre mi escritorio hay un trozo de papel en el que está escrito «llamar a Yenny de la oficina inmobiliaria de Heredia, urgente».

—Seguro tomó el recado alguien más, contador.

—No, Yenny, está escrito con una hermosa letra manuscrita, es la inconfundible letra de mi padre.

El tema de las llamadas fantasmales es más común de lo que cualquiera pensaría. El escritor español J. J. Benítez publicó un libro entero en el que describía historias similares a esta y muchas más. El propio Scott Roggo, de quien ya hemos hablado, también relataría un buen tanto de casos como este.

CONCLUSIÓN Y DESPEDIDA

Si ha llegado hasta aquí, solo me resta agradecerle por su tiempo y complicidad. El libro que tiene en las manos o en la pantalla no intenta ser una prueba definitiva de la existencia de una vida después de la muerte, ni la evidencia innegable de la supervivencia de la personalidad después de fallecer. Mi propósito solo es compartir relatos que hemos encontrado a lo largo de muchos años caminando el sendero del misterio. Sendero en el que hemos hallado personas que, sin ningún interés protagónico, de engaño o de lucro, nos han relatado sus vivencias.

Puede haber muchas explicaciones; cada quien encontrará respuestas o pensará que todo esto es una obra de ficción. Nosotros no podemos asegurar la veracidad de cada relato que hemos escuchado o recibido, pero tampoco podríamos negarla, son demasiados casos, demasiados años, demasiados fenómenos.

Quizá convendría pensar un poco más y entender que quizá este realmente no sea el único baile que bailamos.

Buenas noches y que descansen… en paz.

Fotografía tomada en 2024 en el estudio de grabación.

APÉNDICE 1
SEÑALES DE QUE UN LUGAR ESTÁ EMBRUJADO

Un lugar con actividad paranormal notoria no necesariamente significa que esté relacionado con brujería, también se suele llamar a estos sitios como «lugares encantados». A lo largo de los años, me he encontrado con muchas personas que aseguran que su casa, escuela u oficina están embrujadas; parecería que esto le da a un lugar cierto prestigio o abolengo. Pero la realidad es que no es así; un lugar en el que existe actividad paranormal, en el que hay manifestaciones de alguna naturaleza, es un lugar enfermo, porque ahí las personas vivas no pueden estar tranquilas, sufren de extraños síntomas de desgaste, cansancio, pesadillas y, en casos críticos, agresiones.

Si bien me atrevo a pensar que el 90% de las supuestas casas encantadas no lo está, sí me he topado con numerosos relatos de personas cuya credibilidad y nivel de confianza me han llevado a pensar que algo inusual ocurre ahí y ciertamente no tiene otra explicación convincente. En muchos casos, los aparentes fantasmas no son sino fenómenos físicos que antes no se habían percibido, como cambios de temperatura o ajustes en la propia estructura por asentamientos, sismos o hasta por nuevas construcciones. En otras ocasiones, los fenómenos se pueden explicar por cambios en la propia persona o hasta por confusiones bien intencionadas. Más aún, algunas personas llegan a sufrir de algún problema médico que puede alterar su percepción de la realidad y se sugestionan con facilidad.

No obstante, en otras experiencias este no es el caso. Por ello es importante considerar algunas señales que nos permitan saber si cierto lugar está embrujado; sin embargo, otra cosa muy diferente es poder determinar qué es lo que hay ahí.

Sentirse observado

La sensación de estar acompañado, ser observado o de percibir que algo se mueve es una señal muy subjetiva y, por lo tanto, muy débil como evidencia paranormal, ya que cualquiera puede sentir algo parecido. No obstante, los relatos a este respecto son precisos en señalar que las sensaciones se experimentan de manera muy real, al grado de sentir la constante necesidad de volver la vista para tratar de identificar quién está ahí.

Un detalle a tomar en cuenta es que la sensación no ocurre mientras se está fuera de ese particular espacio, casa, oficina o bodega. Además, diversas personas tienen la misma sensación únicamente en ese lugar. Este punto favorece la aceptación de dicha señal como algo real: el hecho de que varias personas no relacionadas, sin comunicación ni contacto previo, puedan percibir lo mismo.

Sonidos

Existe una variedad de sonidos que se consideran paranormales, algunos de ellos perceptibles como cualquier otro; sin embargo, también hay ciertos sonidos que solo una persona sensitiva puede percibir.

- **Raps.** Sonidos que se originan desde dentro de las paredes. Parecen tener algún grado de inteligencia y, para más detalle, llegan a responder a intentos de comunicación; por ejemplo, si alguien golpea dos veces contra la pared, el fenómeno responderá golpeando dos veces. En algunos casos se han hecho preguntas asignando un número de golpes a cada respuesta («sí» o «no») para generar una comunicación paranormal.

- **Canicas.** Numerosas personas han reportado escuchar el sonido de canicas cayendo dentro de una escalera o en el techo de determinado lugar. Parecería algo que provocaron los desplazamientos térmicos de una estructura, pero su sonido es diferente a los propios de la contracción y dilatación de los materiales de la construcción. Además, cuando se trata de un fenómeno paranormal, dichos sonidos son repetitivos y pueden ocurrir a cualquier hora del día. Tampoco suelen percibirlos todas las personas que habitan un lugar, más bien son sonidos un tanto selectivos.
- **Mimofonías.** Estas son manifestaciones sonoras que intentan imitar voces o ruidos propios del lugar. Por ejemplo: en el caso de iglesias, se escucharían los cantos de un coro; en el caso de fábricas, se percibiría el ruido de la maquinaria; y en una casa habitación, voces o discusiones familiares. Por supuesto, no hay nadie haciendo esos ruidos y nadie está hablando al momento en que se escuchan. También son sonidos un tanto selectivos, ya que no todas las personas los perciben, pero quienes sí pueden hacerlo, lo hacen en cualquier momento. Evitemos la loca idea de que se trata de ecos atrapados en las paredes, pues las paredes no atrapan sonidos.
- **Sonido de vajilla que se rompe.** En muchos de los relatos de casas encantadas, hay un común denominador: el sonido de vasos o platos que se rompen o caen al piso, sin que esto ocurra en realidad. Es una forma de llamar

la atención. También podría considerarse una mimofonía, con la precisión de que este fenómeno se da en las viviendas y suele ocurrir durante la madrugada.

- **Llamado personalizado.** Sí, suena estremecedor y lo es. Las personas relatan haber escuchado que las llaman por su nombre o por el apelativo más común. En muchas ocasiones la voz resulta familiar, pero no siempre. Suele darse en un volumen perfectamente audible, pero no todas las personas que habitan el lugar lo escuchan al mismo tiempo, aunque por lo general todas lo han escuchado en algún momento. No tiene una intención clara, pero podríamos pensar que también es un intento de llamar la atención o quizá generar miedo en quienes lo atestiguan.
- **Fiesta o movimiento de muebles.** También es común que personas vecinas del lugar se quejen de los ruidos que salen del sitio afectado. Por ejemplo, durante la madrugada escuchan muebles que se arrastran, música, golpes de puertas y otros sonidos molestos que no les permiten dormir. Esto no tendría nada de raro si no fuera porque en ese momento el lugar está vacío. En algunos casos, esto ha derivado en que la policía vaya al sitio, solo para encontrar que no hay una fuente del sonido ni alguien que lo provoque.
- **Llanto.** Si bien esto se consideraría una mimofonía, en realidad no es una imitación de un sonido actual real, sino una memoria de algo que ya pasó y motivó el llanto, ya sea de un adulto o de un niño. En este sentido, se podría pensar

en una memoria del lugar o de la persona fallecida, algo que marcó el sitio hasta el punto de seguirse repitiendo, como si se tratara de una grabación. Este tipo de fenómeno carece de inteligencia y no responde a ningún tipo de contacto.

Cuando los fenómenos son producto de actividad demoniaca, suelen ser más intensos y van especialmente dirigidos a ciertos miembros de la familia. No suelen tener relación con el sitio o su historia, solo intentan provocar temor.

- **Instrumentos musicales.** Si en la casa hay un piano y de pronto se escucha, pero nadie lo ha tocado, es una señal clásica de un fenómeno paranormal. Pero si se escucha un piano sin que haya uno, podría haber algo peor. Esto aplica para otros instrumentos musicales. En algunos lugares como viejos teatros, hoteles o casonas, es común que a ciertas horas de la madrugada se perciban este tipo de sonidos.
- **Batallas.** El sonido de enfrentamientos bélicos es un fenómeno poco común y que no suele ocurrir en una casa o edificio, sino en campos abiertos, bajo ciertas condiciones ambientales y con ciertos testigos. Sin embargo, se han llegado a percibir fenómenos de este tipo en lugares

como Gettysburg, en Estados Unidos, o el río Somme, en Francia.

La batalla del Somme, en Francia, se libró entre julio y noviembre de 1916, en la Primera Guerra Mundial. Los bandos en conflicto (Alemania, Francia e Inglaterra) vieron morir a 340 000 soldados de los cerca de tres millones que participaron. Muchos de los cuerpos nunca fueron recuperados y quedaron perdidos entre las antiguas trincheras, el lodo y los restos de la batalla. Si bien son pocos los relatos de apariciones fantasmales en ese campo de batalla, se reportó un fenómeno durante los veinte años siguientes: se escuchaban disparos, voces militares y la penosa marcha de botas invisibles. Destacan los relatos de habitantes del poblado de Le Transloy, quienes en 1922 escucharon cientos de soldados marchando penosamente, un sonido que habían escuchado durante la retirada alemana en 1916.

La batalla de Gettysburg se libró durante la guerra de secesión en Estados Unidos de América, entre los confederados del sur y los yanquis del norte. Apenas duró tres días, entre el 1.° y 3 de julio de 1863. En la batalla participaron alrededor de 160 000 soldados y murieron 60 000, por lo que este enfrentamiento se considera una auténtica masacre. Muchos murieron a causa de sus heridas al no poder recibir atención médica; otros murieron súbitamente y muchos más fueron ejecutados en el mismo lugar donde se habían rendido. Uno de los puntos más frecuentes de avistamientos es conocido como Devil's Den (La guarida del diablo). En este sitio con frecuencia se han escuchado sonidos de batalla y voces de mando. Y no solo se escuchan, también se han llegado a ver figuras fantasmales que deambulan por el lugar. Gettysburg se considera uno de los campos de batalla más embrujados del mundo.

- **Pisadas.** En muchos de los casos que he tenido oportunidad de conocer, las personas que han vivido un encuentro paranormal podían distinguir el sonido de pisadas. En ocasiones eran pasos muy reconocibles, como los de una persona conocida recientemente fallecida. En otras, solo eran pisadas o también pequeños pasos suaves y ligeros, como de niños. Quizá la parte más extraña es cuando se escucha el andar de una mascota muerta.

Movimientos

Esta señal es crítica para saber si un sitio está embrujado, pues además es un fenómeno que va más allá de lo subjetivo. Varios testigos pueden ver al mismo tiempo un objeto que se mueve. Y si además se trata de algo que al caer se rompe, habrá una evidencia material.

- **Puertas que se cierran repentinamente.** Sin que haya corrientes dentro del lugar o puertas que se quedan trabadas sin explicación aparente. También puede ser solamente el sonido que provocan. Pero en casos de mayor intensidad, el movimiento de puertas es real, se azotan o se abren aun cuando sean pesadas. En situaciones mucho peores, la persona queda atrapada dentro de un espacio debido a una puerta que se cerró de manera espontánea.
- **Sillones y sillas que cambian de posición.** Se refiere con respecto a la última vez que las vio el testigo, aunque en ocasiones ocurre ante la mirada de la persona. Si bien este fenómeno no es tan frecuente, suele tener alguna intención, como acercarse a alguien para asustarlo o agredirlo. Aquí la interrogante es cómo se logra ese efecto, pero eso se platicará más adelante.
- **Pequeños objetos que al buscarlos no están en el lugar de siempre.** Finalmente aparecen en lugares insólitos, como dentro de un cajón del armario de una recámara pocas veces visitada.

- **Aparición de objetos en lugares inusuales.** Por ejemplo una tortilla fresca en el cajón de un armario, en donde evidentemente nadie la puso, o la aparición de una piedra o un hueso. En general son pequeños objetos que de hecho se podrían encontrar en una casa, pero no en el lugar específico en el que aparecen.
- **Viento.** Este fenómeno también es muy propio de una casa embrujada, en la que surgen corrientes de viento repentinas donde no hay ventanas abiertas ni puertas, simplemente se producen como si una persona hubiera pasado corriendo a toda prisa, lo cual genera agitación en el ambiente.
- **Contactos corporales.** Aquí hay todo tipo de eventos, pero podríamos resumirlo en que se siente un tocamiento, pero no hay alguien cerca. Los contactos táctiles pueden ser de todo tipo, desde caricias y besos, hasta agresiones muy variadas, pero que dejan huella sensorial, perceptible para cualquiera. Esta se podría considerar una señal objetiva, solo que siempre hay que mantener una duda razonable respecto a este tipo de señales, pues algunos problemas de salud mental pueden provocar alucinaciones como estas en los pacientes. Un detalle que se menciona con frecuencia es que el contacto es helado; la sensación que queda es como si un hielo hubiera tocado la piel. En ocasiones es de mayor intensidad y deja una marca similar a la de una quemadura.

Poltergeist, que en alemán significa «duende ruidoso», es el término para describir un fenómeno que genera movimientos de objetos y sonidos extraños. Se cree que este fenómeno sucede porque una persona viva tiene habilidades psicoquinéticas, también conocidas como *psicoquinesis espontánea recurrente*. Sin embargo, también hay casos en los que se considera que el fenómeno lo provocó una presencia fantasmal.

Alteración eléctrica

El hecho de que la lámpara repentinamente parpadee y suba o baje su intensidad no es *per se* un fenómeno paranormal, pero puede ser un indicio; por ejemplo, cuando el televisor se enciende a mitad de la noche en un canal en el que no lo había puesto el testigo, o la radio se enciende en una estación que no se había sintonizado antes. Pero también hay otros fenómenos, como la alteración de equipos de radio, de telefonía o en general eléctricos; de hecho, el fenómeno es tan fuerte que una de las formas de comunicación más investigada es la transcomunicación instrumental mediante equipos electrónicos. Además, hoy en día, con la llegada de los equipos como Alexa o bocinas inteligentes, los relatos de este tipo se han intensificado de forma sorprendente.

En este punto vale la pena mencionar que quienes han investigado casas embrujadas reportan con frecuencia que el fenómeno suele afectar las baterías. En muchas exploraciones de campo, cuando se visita un lugar con actividad paranormal, es común que las baterías de los equipos se descarguen en tiempos muy cortos, al punto de que una batería de cámara que puede resistir dos horas de grabación continua se agota en apenas cinco minutos. Lo mismo sucede con las linternas y los teléfonos celulares.

Precisamente, este tipo de alteración hace que el fenómeno se pueda determinar con equipos como el medidor de campos electromagnéticos (EMF), que registra variaciones ambientales del campo magnético.

Este fenómeno llega a provocar alteraciones tan fuertes que en algunos casos se registran aparatos encendidos, tales como juguetes electrónicos, televisores o radios, aun cuando estén desconectados o sin baterías. Estos casos, en donde el fenómeno es muy intenso, por lo general se deberán considerar como demoniacos.

Un fenómeno muy peculiar se presenta en las calles: alteraciones sobre el alumbrado público (en inglés conocido como *street lamp interference*) y se refiere al parpadeo que provoca una presencia paranormal que sigue a una persona viva.

Marcas y mensajes

En algunos sitios embrujados, como en la afamada Rectoría Borley en Inglaterra, testigos aseguraban que, además de sonidos, objetos en movimiento, sensaciones de frío y apariciones visuales, lo que más miedo causaba eran los escritos que aparecían en las paredes. Quienes los vieron afirmaron que los había hecho un fantasma.

También pueden ser otra clase de marcas, desde arañazos hasta huellas sin un origen claro. Estas señales son, en algunos casos, bastante confiables; por ejemplo, las huellas reportadas en la alberca de un hotel, en donde por la madrugada aparecían pequeñas pisadas mojadas, cuando no había nadie en esa área durante la noche.

Una técnica de detección durante una investigación paranormal consiste en regar harina o talco sobre el piso y esperar. En ocasiones, quienes investigan aseguran haber encontrado huellas de pies, cuando nadie había caminado por ahí.

La rectoría Borley, en Essex, Inglaterra, construida en 1860 como casa para el reverendo a cargo de la iglesia del poblado, ha sido uno de los casos más estudiados de fenómenos paranormales. El investigador Harry Price realizó numerosos experimentos y documentó cientos de pequeños episodios. La casona había sido escenario de múltiples historias de muerte y también el sitio de un antiguo cementerio. Un aspecto particular es que el supuesto fantasma dejaba mensajes en las paredes.

Sueños

Una de las señales más inquietantes es que las personas que llegan a vivir ahí comienzan a tener sueños claros y realistas relacionados con el lugar, pero no sueñan consigo mismas, sino con otros seres. Varias personas que habitan la casa pueden experimentar estos sueños al mismo tiempo.

Imágenes y fenómenos lumínicos

Por supuesto, la mayor prueba de que una propiedad está encantada es ver al fantasma. Es impactante cuando son varios testigos quienes lo vieron, juntos o de forma diferida, como en el caso de la diputación de Granada, España.

La diputación de Granada, hoy en día oficina del catastro, es un edificio en la calle Mesones, en Granada, España. Es una de las pocas construcciones que se han reconocido oficialmente como embrujadas; incluso se permitió a un grupo de investigación paranormal que realizara una serie de visitas de estudio en ella. El resultado fue la confirmación de una aparición masculina a la que llamaron «Benito», pues supuestamente se trata del fantasma de un antiguo sacerdote de la iglesia de la Magdalena muy conocido en la zona.

Además de la visión, hay presencia paranormal cuando aparecen extraños destellos como *flashes* repentinos. En otras ocasiones se trata de sombras que cruzan frente la mirada, reflejos inusuales en espejos e imágenes captadas en cámara.

Es bastante complicado que estas últimas se consideren evidencia paranormal, sobre todo a partir del advenimiento de la tecnología digital, que ha facilitado enormemente la duplicación o modificación de imágenes. Tal es el caso de las imágenes de un circuito cerrado de televisión (CCTV). Gracias al programa he recibido muchísimos relatos de personas que aseguran haber captado un fantasma en sus cámaras, pero al revisar los videos, solo se trata de pequeños insectos. Sin duda creo que los fantasmas son un poco tímidos a la hora de salir en la foto…

Otro de los fenómenos contemporáneos que se atribuyen a presencia paranormal es el fenómeno de los *orbs*, o esferillas luminosas, frecuentes en las fotografías familiares. Muchas personas creen que son una manifestación paranormal; sin embargo, desde mi punto de vista, ciertamente habría muchas otras explicaciones razonables antes que la paranormal; desde partículas de polvo, ácaros, esporas, pequeños insectos o, en el caso de fotos de playa, partículas de agua flotando en el aire. En muchos de estos casos, la partícula brilla intensamente debido a que el *flash* la ilumina. El fenómeno de los orbs se ha hecho muy popular con el uso de la fotografía digital, lo que ha hecho dudar aún más de su autenticidad; por lo tanto, un orb no se considera prueba de actividad paranormal.

¿Qué pasó en ese lugar antes?

Muchos lugares embrujados tienen antecedentes históricos terribles. Cabe mencionar la mansión de Amityville, la famosa casa que fue escenario de una masacre y que dio origen a varios libros y guiones cinematográficos. En ese sitio un chico asesinó a toda su familia. Después del terrible crimen, el lugar se consideró maldito. Existen numerosas historias similares de lugares donde acontecieron hechos trágicos que después presentan actividad paranormal. Si un lugar tiene un historial macabro, es probable que se presente algún fenómeno ahí. Es importante aclarar que no por tener una historia trágica un lugar necesariamente tendrá manifestaciones paranormales. Un inmueble que no tiene antecedentes terribles también puede presentar fenómenos sobrenaturales en muchas situaciones diferentes, como veremos en la sección de objetos embrujados.

Cambios de temperatura

Si bien un súbito cambio de temperatura no es como tal propio de un lugar encantado, sino más bien de una casa con una afectación demoniaca, es importante tenerlo en cuenta.

El hecho de que haya parches o marcas frías sí se considera una señal paranormal. Estas son pequeños espacios en los que de pronto se pueden registrar diferenciales de más de 10 °C con respecto a otros espacios del mismo lugar, a diferencia del fenómeno de carácter demoniaco, en donde toda la habitación sufre el cambio de temperatura abrupto.

Fenómenos olfativos

Los olores pueden considerarse señales paranormales en ciertas circunstancias. Este es un tema delicado, porque por lo general los olores suaves que nos remiten a alguien en particular o algún olor grato que nos resulta familiar son parte de la fenomenología fantasmal. Pero si los olores son horrendos, probablemente se trata de fenómenos demoniacos. Su intensidad también es clave para saber si esto es un olor externo que proviene de otra habitación o de la calle.

Comportamiento extraño de animales de compañía

La reacción de las mascotas también es una señal importante. En muchísimos relatos encontramos la constante de que, si la casa tiene un fantasma, la mascota lo siente, en especial los gatos, que actúan de forma agresiva, pero también los perros, con un comportamiento errático. Algunos animales pequeños, como los hámsteres o los peces dorados, mueren. Irónicamente, el animal más perceptivo en ese sentido es la serpiente, como ya se mencionó.

Un episodio que nos fue compartido en el año 2020 relataba la experiencia paranormal de una familia en la ciudad de Puebla. Habían recibido un gato adulto que perteneció al abuelo materno, fallecido días atrás. Era un animal huraño y desconfiado; no solía acercarse a los nuevos dueños ni permitir que lo tocaran; permanecía bajo los sillones mientras la familia estaba cerca. Sin embargo, unas semanas después de haber llegado a la casa, el gato comenzó a acercarse a la mesa o la sala de televisión, aun cuando estuvieran ahí los nuevos dueños. Una vez ahí, iba a un rincón donde se tiraba patas arriba y comenzaba a juguetear como si alguna persona lo estuviera acariciando. El gato llegaba a ronronear fuerte y de forma afectuosa, y se restregaba contra algo invisible. Los familiares notaron con asombro que el animal parecía estar jugando con alguien que ellos no veían. Tristemente, el animalito apareció muerto poco después. La familia estaba convencida de que el gato jugaba con el fantasma del abuelo. ¿Por qué murió? Se cree que una manifestación paranormal provoca un desgaste energético enorme en los testigos, y en este caso, el contacto del animalito con aquella presencia resultó mortal. Días después comenzaron a ver al fantasma del abuelo.

Vegetación que se marchita

La muerte de plantas también puede ser una señal de actividad paranormal. Las plantas son más sensibles de lo que creemos y en los lugares en los que ha comenzado un fenómeno paranormal suelen marchitarse. Si bien no es una regla infalible, sí es común escuchar que en los lugares en los que sucede esto las plantas se marchitan muy pronto y después mueren.

Señales demoniacas

Las señales paranormales producto de actividad demoniaca son parecidas a las anteriormente señaladas, excepto que difieren en la intensidad. Se puede presentar movimiento de objetos y muebles, pero mucho más fuertes; también se pueden presentar olores, pero serán nauseabundos e inexplicables. Habrá fenómenos perturbadores, imágenes, cambios de temperatura dramáticos, pesadillas, malestares físicos variados y efectos nocivos en la salud y en la cordura de los testigos.

Un aspecto especialmente desagradable de esta fenomenología que me han descrito tanto personas civiles como clérigos es la aparición de insectos. Dependiendo de la presencia demoniaca, pueden ser moscas, gusanos, arañas y toda suerte de bichos, pero siempre serán cantidades increíbles. Aun cuando se apliquen insecticidas, se haga limpieza o se pongan protecciones, los bichos aparecerán en una forma desmedida.

El fenómeno demoniaco puede, según los testimonios y relatos que he encontrado, ser especialmente peligroso.

Aquí me gustaría mencionar que una sola señal por sí misma no es indicio claro de que un lugar esté embrujado o encantado. Por lo regular, es la combinación de varios de estos elementos lo que puede dar mayor certeza de que el lugar está afectado, pero siempre hay que tomar en cuenta otros factores, como que otros testigos perciban el fenómeno en distintos momentos. Esto hace más confiable el testimonio. También el hecho de que el lugar tenga un antecedente histórico trágico o terrible, o que se haya obtenido una evidencia contundente, como una fotografía clara. Sin embargo, por lo general hay que esperar a la repetición constante del fenómeno, los testigos múltiples y la presencia de varias de estas señales para considerar que algo en realidad está bajo una afectación paranormal.

APÉNDICE 2
TIPOS DE FANTASMAS

Se entiende que todos los fantasmas son las almas de personas fallecidas; sin embargo, del análisis de los testimonios se puede encontrar que su origen es muy variado. Por lo tanto, se propone la siguiente clasificación:

- **Seres encarnados.** Seres humanos o animales, cuya esencia se convierte en alguna suerte de fantasma.
- **Seres espirituales no encarnados**. Son los ángeles y los demonios.
- **Seres energéticos.** Seres astrales (del bajo y alto astral), como la gente sombra. No han ocupado un cuerpo, no tienen materia y en esencia son energía relacionada con las emociones, las agradables y las desagradables. Debido a esto se comunican a través del mismo medio: las emociones.

- **Seres elementales.** Seres del mundo de las hadas y duendes; seminaturales, con ciertos apegos y emociones; territoriales y peligrosos si se les molesta. Incluye fenómenos relacionados con el agua, la tierra, el viento y el fuego.
- **Inanimados.** Espectros de objetos; por ejemplo, apariciones de barcos fantasma, de aviones, de viejos autobuses o de trenes. También son protagonistas de leyendas, como la carreta sin bueyes o el Caleuche.

Fantasmas de seres encarnados

Seres que han estado vivos y en materia. A su vez podemos clasificar sus apariciones de la siguiente manera: fantasmas de personas muertas, de personas vivas y fantasmas de animales.

Fantasmas de personas muertas

- **Fantasma del adiós.** Aparición de despedida que ocurre generalmente antes de un año después de la muerte.
- **Fantasma vengador.** Manifestación agresiva que busca dañar a quien le causó la muerte. Suele ser una manifestación longeva; llega a perder conciencia de lo que busca y termina por convertirse en una forma residual violenta.

- **Fantasma testificador.** Espectro que permanece a la espera de entregar un mensaje o señalar algo; suele ser longevo, pero una vez entregado el mensaje, migra.
- **Fantasma arraigado.** Presencia que permanece adherida a un lugar o a un objeto. Tiene conciencia provisional y se le puede alentar a seguir su camino. Se le asocia también al tema de los tesoros. Si se altera el objeto del arraigo, puede ser agresivo.
- **Fantasma residual.** Aparición que repite determinada acción que en algún momento tuvo sentido. Se desconoce el motivo de su permanencia; ha pasado ya mucho tiempo en esa condición y ha perdido la noción del entorno. No establece contacto. No tiene conciencia.
- **Fantasma atemorizado.** Manifestación longeva que se arraiga indefinidamente ante el temor de ser enviado al castigo eterno. Llega a convertirse en un residual. En etapas iniciales se le puede ayudar a migrar. Tiene conciencia temporal.
- **Fantasma salvador.** Presencia arraigada a un ser querido. Tiene conciencia del entorno, conocimiento de hechos presentes y suele permanecer hasta varios años después de la muerte. Puede manifestarse en diferentes ocasiones.
- **Almas en pena.** Personas fallecidas que ya han migrado, pero vuelven desde el inframundo para dar testimonio y ayudar a los seres vivos. No hay apariciones de personas muertas que hayan vuelto desde el reino celestial.

- **Almas errantes.** Seres desencarnados que se pierden durante la migración y vagan sin un sentido de búsqueda. Tienen gran nivel de conciencia del entorno, no se desgastan y no se vuelven residuales. No tienen apegos. Son dañinas en cuanto a que producen un desgaste enorme en las personas vivas. La Llorona se considera uno de estos casos.
- **Demonios humanos.** Personas que en vida fueron ruines en extremo y tras la muerte comienzan a actuar como demonios. Pueden incluso poseer los cuerpos de seres humanos.
- ***Poltergeist* espiritual.** Fenómeno intenso que genera un gran desorden, sonidos, olores, cambios de temperatura y sensaciones atemorizantes. No queda claro si es un ser desencarnado, como se ha relatado en algunos casos, o bien seres tipo sombra, pertenecientes a los fantasmas energéticos.

Fantasmas de personas vivas

- ***Doppelganger* o el doble.** Aparición de una persona viva que se presenta en un lugar diferente de aquel en el que se encuentra su cuerpo. La manifestación es etérea y actúa independientemente del humano real.
- **Bilocación.** Aparición de un ser humano real en dos lugares diferentes de forma consciente y material.

- **Fantasma de caso crítico.** Manifestación de una persona en trance de muerte. Es inmaterial y actúa con conciencia, pero ajena a la memoria de la persona en trance de muerte. Se le considera un desprendimiento espiritual y generalmente el humano real no está consciente en el momento del suceso.
- ***Poltergeist* mental.** Se refiere a actividad psicoquinética espontánea recurrente de parte de la mente de una persona joven en periodo de gran tensión o la de una persona muy mayor. En ambos casos se refiere a movimientos, sonidos, contactos que no corresponden a una actividad demoniaca.
- **Fantasmas mentales.** Apariciones fantasmales que genera una persona viva; pueden llegar a ser intensas y, hasta cierto punto, tener conciencia. En casos extremos, llegan a materializarse y se les conoce como tulpas. En 1972 hubo un caso en un laboratorio canadiense en el que crearon un fantasma que llamaron «Phillip», que era capaz de interactuar inteligentemente con sus creadores.

Fantasmas de animales

- **Fantasma de mascota.** Hay relatos frecuentes que señalan la permanencia de un animal de compañía, por lo general perros y gatos, pero hay relatos en los que se habla de vacas, pericos, gallinas, etcétera.

- **Perro negro.** Ser de apariencia canina y agresivo en extremo. Suele asociarse con ritos de magia negra, o bien, con presencias demoniacas, pero su apariencia es la de un animal. No es material e interactúa con su entorno.
- **Animal compañero.** En muchos casos de apariciones de animales, estos se dan juntamente con la de un ser humano, como el fantasma de un caballero galopante, el charro negro o el jinete sin cabeza.
- **Aves paranormales.** Por lo general asociadas con hechicería y en especial con las brujas que tienen la habilidad de cambiar su apariencia y tomar forma de ave. Se les asocia también con las llamadas bolas de fuego. Según los relatos populares, las brujas usan esta apariencia para pasar desapercibidas mientras roban la vida de los niños no bautizados.
- **Nahuales.** Hechiceros que pueden cambiar su apariencia a la de algún animal que han elegido; por ejemplo, búhos, águilas, burros, cerdos y perros. Suelen transformarse para robar sin ser descubiertos. Antiguamente en la cultura mexica, se les consideraba seres poderosos.